# LE VIOLON ENSORCELÉ

DANS LA MÊME SÉRIE

1. *Le pouvoir des Trois*
2. *Le baiser des ténèbres*
3. *Le sortilège écarlate*
4. *Quand le passé revient*
5. *Rituel vaudou*
6. *Menaces de mort*
7. *Le violon ensorcelé*
8. *Le secret des druides* (mars 2002)

Charmed™

# LE VIOLON ENSORCELÉ

Un roman original de Carla Jablonski
d'après la série télévisée « Charmed »
créée par Constance M. Burge

FLEUVE NOIR

Titre original :
*The Gypsy Enchantment*

Traduit de l'américain
par Florence Mantran

*Série proposé par Patrice Duvic*



ISBN : 2-265-07319-9

UNE MALÉDICTION PÈSE SUR LE CIRQUE…

— Il faut partir, lui répéta-t-elle. Vous êtes en grand danger dans ce cirque. Ne restez pas ici.

— Mais pourquoi ? Je ne comprends pas… Vous devez vous tromper d'Halliwell. C'est ma sœur, Prue, qui n'est pas très copine avec le cirque.

Olga se laissa tomber sur sa chaise.

— Je sens autour de vous un champ magnétique très négatif. Une énergie qui capte l'obscurité.

*Voilà*, songea Piper, *c'est moi qui suis censée avoir peur, maintenant*.

Olga pouvait-elle deviner qu'elle était une sorcière ? Avait-elle le don de double vue ? Son attitude avec Jenny n'était peut-être pas bidon, après tout…

— Je sens un maléfice qui se prépare… souffla-t-elle. C'est vous qui êtes visée. Je ne peux rien vous dire de plus. Vous devez partir d'ici.

# CHAPITRE PREMIER

Prue sentait une présence derrière elle. Y avait-il une créature ou deux ? Elle considéra l'ombre à deux têtes qui s'étalait sur le sol. D'après ses contours, la silhouette avait quelque chose d'humain, mais le corps donnait l'impression d'une énorme masse informe. Quant aux têtes, elles étaient particulièrement grosses, et le nez de chacune avait une apparence plus qu'étrange.

— Il ne manquait plus que ça, marmonna la jeune femme. Avec le retard que j'ai déjà…

Se retournant brusquement, elle balança un de ses escarpins sur l'intrus.

— Hé, gare à l'attaque ! cria Phoebe tandis que Piper se baissait en poussant un glapissement.

— Et vous pensiez me faire peur ? lança Prue à ses deux sœurs. Avec tous les démons que j'ai vus dans ma vie ? Je vous trouve franchement pathétiques.

Elle prit un malin plaisir à étudier leur tenue. Après avoir enfilé une combinaison de mécano rembourrée avec un oreiller, Piper avait fourré ses longs cheveux noirs sous une perruque orange vif, et Phoebe avait dissimulé les siens sous un vieux feutre qui lui retombait sur les yeux. Pour couronner le tout, les deux filles n'avaient pas hésité à se coller une boule rouge au bout du nez.

— Vous ne me ferez pas changer d'avis, observa-t-elle après un instant de silence amusé. Même si vous êtes super-chouettes dans ces costumes…

— Ce n'est pas juste, se lamenta Phoebe. C'est nous qui aimons le cirque et c'est toi qui t'y fais inviter.

— Je ne me suis pas fait inviter, corrigea Prue. *415*, le magazine pour lequel elle travaillait en free-lance, l'avait associée à Kristin McMillan, une journaliste chargée d'un reportage sur la *Cavalcade*, un cirque qui avait planté sa tente dans le Golden Gate Park. Elles allaient donc passer la semaine entière au milieu de la sciure et des paillettes, comme l'avait si joliment dit Kristin.

— Et, franchement, j'ai hâte que ces huit jours soient passés, ajouta-t-elle en soupirant.

— Tu devrais avoir honte ! protesta Piper. Ce serait à nous d'y aller, pas à toi. Tu détestes le cirque !

— Oui, et surtout les clowns, précisa Prue en fixant ses deux sœurs.

— D'accord, admit Piper, peut-être que notre numéro de clowns n'était pas le meilleur moyen de te persuader de nous prendre avec toi. Mais reconnais que ça t'a interpellée, tout de même.

— Et qu'on mérite donc de t'accompagner, enchaîna Phoebe.

— Six ans d'âge mental, voilà ce que je vous donne, répliqua Prue avant d'aller récupérer son escarpin à l'autre bout de la pièce. D'accord, vous pouvez venir, mais ne traînez pas, je suis déjà en retard.

— Génial ! s'écria Piper. Je savais bien que tu finirais par craquer.

— Tu es un amour ! ajouta Phoebe. On te revaudra ça.

Une seconde plus tard, elles disparaissaient de la chambre de Prue pour aller se changer.

*J'espère que je ne regretterai pas ça*, songea-t-elle en peignant son épaisse chevelure brune. *C'est mon boulot qui est en jeu, et ces deux-là se comportent comme des gamines. J'ai vraiment autre chose à faire qu'à les surveiller…*

Imaginaient-elles que faire un reportage sur un

cirque représentait une partie de plaisir ? Outre les multiples problèmes techniques auxquels il fallait veiller, Prue devait surmonter son peu d'amour pour le cirque. Comment expliquer cette aversion ? Elle l'ignorait. Les cirques lui avaient toujours donné la chair de poule. L'ambiance de mystère qui les entourait la dérangeait.

Après tout, qui se cachait derrière ces costumes stupides que portaient les clowns ? Quel intérêt y avait-il à entrer dans la cage d'un fauve ou à faire tenir en équilibre trois chaises sur son menton ?

Avant de sortir de sa chambre, Prue vérifia qu'elle n'avait rien oublié. Son appareil photo était bien rangé avec ses accessoires dans sa sacoche, plus une série de films noir et couleur. Dans son sac, elle avait glissé peigne, rouge à lèvres, bonbons à la menthe et portable. Il ne lui restait plus qu'à mettre la main sur ses clés, embarquer ses sœurs et filer. En se retournant, elle aperçut Phoebe sur le pas de la porte.

— Je suis prête ! lui lança celle-ci, vêtue d'un jean noir et d'un dos nu en coton bleu. Tu vois, adieu les clowneries et bonjour le glamour !

— Tu comptes impressionner qui, dans cette tenue ? Les éléphants ?

— Tu plaisantes ! Un cirque, c'est plein d'athlètes superbes, avec des muscles d'enfer. Et puis, c'est toi qui as un problème avec les clowns, pas moi.

— Peut-être, mais quelque part, ça me gêne de penser que c'est au cirque que tu comptes faire des rencontres.

— De toute façon, lâcha Phoebe en riant, la plupart des garçons que je rencontre sont des clowns. Au moins, cette fois-ci, ils auront une excuse toute prête.

Piper les rejoignit alors, rayonnante dans une robe bain de soleil rayée rouge et blanc, et déclara :

— Laisse-lui ses illusions, Prue. Ça ne mange pas de pain…

— À propos de manger, reprit celle-ci, si on allait se prendre un petit déjeuner chez *Muffin Madness* ? J'ai une faim de loup, et je ne suis pas sûre que là-bas on puisse trouver quelque chose.

Une fois dehors, Prue poussa ses sœurs dans la voiture, s'installa au volant et démarra. Quelques minutes plus tard, elles quittaient le salon de thé, chargées de croissants, de muffins et de boissons chaudes.

— Au fait, demanda Piper en sirotant son café, pourquoi les gens du cirque ont-ils besoin d'un photographe extérieur ? Ils n'ont pas leur propre système de publicité ?

Sans quitter des yeux la route qui défilait devant elle, Prue expliqua :

— Si, mais là, c'est un peu différent. Ils voudraient un reportage sur ce qui se passe dans les coulisses, là où la presse n'a jamais accès.

— Dans les coulisses !? s'exclama Phoebe, assise à l'arrière. Ça veut dire qu'on pourra se balader partout où on voudra ? C'est la fête !

— Ça veut dire que *je* pourrai me balader partout où *je* voudrai, corrigea Prue. La seule raison pour laquelle le propriétaire, M. Amalfi, a besoin de nous en coulisses, c'est qu'il espère ainsi vendre plus de places de spectacle. Mais ce genre de chose est plutôt inhabituel.

— Pourquoi ? demanda Piper.

— Personne ne met jamais les pieds dans les coulisses d'un cirque, d'habitude. Kristin m'a d'ailleurs dit qu'il fallait s'attendre à ce que les artistes et les employés ne se montrent pas très coopératifs.

— Kristin ? répéta Phoebe. On la connaît ?

— Kristin McMillan... Les cheveux blonds et courts, plutôt guillerette.

— Ah, je vois... Le genre majorette qui veut tout gérer.

— Exactement. Si elle pouvait mener la terre entière à la baguette, elle ne se gênerait pas.

— Tu ne la portes pas dans ton cœur, on dirait, observa Piper.

— Non, pas exactement. Enfin… si, oui. Ou disons plutôt que nos deux caractères ne s'accordent pas de façon géniale.

— Tu vois que tu as besoin de nous, reprit Piper. Histoire de s'assurer que tu ne la jettes pas dans la cage aux lions pour te débarrasser d'elle.

— Vous avez peut-être raison, toutes les deux, admit Prue alors que leur voiture pénétrait dans l'enceinte du parc.

— C'est agréable de se sentir indispensable, tu ne trouves pas, Piper ? interrogea Phoebe d'une voix rêveuse.

*C'est vrai qu'on a besoin les unes des autres*, songea Prue en souriant. *On est à la fois si différentes et si semblables.*

Depuis que les sœurs Halliwell avaient acquis leurs pouvoirs, un lien étrange et puissant les unissait. Elles étaient sorcières et, peut-être, sans cette découverte, n'auraient-elles jamais tenté de surmonter les différences qui existaient entre elles.

*Rien de tel que de se libérer du joug des sorciers pour réunir une famille*, songea Prue avec amusement. Pourtant, aussi heureuse fût-elle que ses sœurs aient insisté pour acquérir leur indépendance, elle n'avait pas l'intention de le leur dire. Cela risquait de lui coûter trop cher !

Elle vérifia les indications données par Kristin puis gara la voiture dans le parking, non loin des caravanes des artistes. Incapables d'attendre l'arrêt complet du véhicule, Piper et Phoebe se précipitèrent dehors.

— Hé, attendez-moi ! leur cria Prue.

Mais elles étaient si excitées qu'elles coururent sans l'écouter vers l'entrée des artistes... pour se voir stoppées net dans leur élan par deux colosses imposants.

— Où est-ce que vous allez, comme ça, les petites dames ? leur demanda l'un d'eux. Vous n'avez pas de badge. C'est de l'autre côté qu'on entre, et on achète un billet comme tout le monde.

Réprimant un sourire devant leur mine dépitée, Prue sortit son équipement du coffre. Très vite, elle regretta d'avoir mis ses escarpins pour venir dans un tel endroit : le terrain était boueux et, une fois à l'intérieur, elle n'allait trouver que de la sciure ou du sable. *Plus astucieuse que moi, tu meurs...* songea-t-elle avec agacement.

Elle s'avança vers les gardiens qui venaient de refouler ses sœurs, et annonça :

— Prue Halliwell.

L'homme consulta sa liste et déclara :

— Kristin McMillan vous attend dans la caravane des cuisines, à gauche au bout de cette grande allée. Elle y prend le petit déjeuner avec quelques artistes.

— Merci, lui dit Prue.

Comment faire pénétrer Phoebe et Piper dans le sanctuaire ? Peut-être qu'avec l'aide de Kristin, elle pourrait leur obtenir un passe.

Mais Phoebe, avec son imagination débordante, ne tarda pas à trouver une solution.

— Nous sommes les assistantes de Miss Halliwell, lança-t-elle avant d'arracher à Prue son appareil photo.

À l'adresse du gardien qui la considérait d'un air plus que sceptique, elle ajouta :

— Vous savez, c'est une diva. Elle s'est cassé un ongle, alors vous imaginez…

— Oui, renchérit Piper, elle ne peut plus rien porter.

— Mais, au moins, continua Phoebe, ça nous donne du travail.

Réprimant un sourire, Prue décida de jouer leur jeu.

— Quand vous aurez fini de jacasser… On a du travail. Et si quelqu'un pouvait donner un petit coup sur mes chaussures, j'aurais l'air un peu plus décente.

Aussitôt, Piper trouva un Kleenex dans son sac

et se précipita aux pieds de Prue pour essuyer le bout et le talon de ses escarpins.

— Parfait, dit alors celle-ci avant de prendre des mains d'un des gardiens deux petits cartons blancs plastifiés. Maintenant, voici vos passes. Ils vous donnent accès à tout.

Phoebe et Piper s'empressèrent d'accepter les cartes qu'elle leur tendait et, sans mot dire, se les épinglèrent à la poitrine.

Amusée, Prue balaya les lieux du regard. Cette partie du Golden Gate Park avait été transformée en un terrain de camping. Au-delà des caravanes, on apercevait le sommet de la toile du cirque qui, lui-même, devait cacher d'autres roulottes s'alignant sans doute jusqu'aux limites du parc.

— Maintenant, dit-elle en entraînant ses sœurs, on doit retrouver Kristin près des cuisines. Mais je n'ai pas la moindre idée de l'endroit où ça se trouve.

— Oh, Prue ! résonna alors derrière elle une voix cristalline.

Kristin McMillan se tenait devant une caravane cernée par tout un groupe de gens. Certains étaient déguisés, d'autres non, et tous se pressaient autour de l'entrée.

— Hum… fit Piper. Ça doit être les cuisines. Regarde-moi ce monde.

— Par ici ! leur lança Kristin.

Malgré elle, Prue songea que son ensemble rose vif lui donnait plus que jamais l'air d'une majorette. Comment Kristin pouvait-elle porter ces tenues aux couleurs criardes ? Il ne lui arrivait donc jamais de se rebeller et de réclamer du bleu, du vert ou du noir ?

La journaliste la gratifia de son sourire le plus éclatant, puis retourna bavarder avec les clowns qui l'entouraient.

— Maintenant, fini de rigoler, maugréa Prue en s'avançant vers eux.

— Tu es quand même bizarre, lui glissa Piper. Tu es capable de botter les fesses à un démon, mais tu ne supportes pas d'approcher un clown.

— Je préfère affronter mille démons plutôt qu'un seul clown, figure-toi. Je ne blague pas.

— Retire ça tout de suite, lui rétorqua sa sœur. Tu sais bien que nous, les Halliwell, on a une fâcheuse tendance à obtenir tout ce qu'on souhaite.

Prue laissa échapper un profond soupir. Phoebe avait raison. En appeler aux démons, même en plaisantant, conduisait souvent à des situations plutôt dangereuses.

# CHAPITRE 2

— Bravo, Prue ! lui dit Kristin. Tu es pile à l'heure.

À quelques pas derrière leur sœur, Phoebe et Piper affichaient l'air le plus professionnel possible.

Trois clowns entouraient maintenant la journaliste. L'un d'eux était très grand, et sa partenaire paraissait aussi ronde qu'elle était haute. Quant au troisième, il avait un maquillage si élaboré que, d'abord, Prue pensa qu'il portait un masque. Puis, en s'approchant, elle constata que la peau de son visage était recouverte d'une sorte de pâte aux reflets argentés.

L'effet était surprenant, et elle dut reconnaître qu'elle trouvait le personnage fascinant. À l'inverse des vêtements baggy des clowns habituels, celui-ci arborait un smoking aux formes étranges, très près du corps, qui mettait en valeur sa silhouette souple et longiligne.

Lorsqu'il tourna la tête, Prue lui découvrit un profil lunaire et dut admettre que cette image la troublait. Surprise, elle le vit tout à coup faire apparaître un bouquet de fleurs dans sa main, qu'il lui tendit avec un geste gracieux.

— Oh… merci, articula-t-elle en se demandant que faire de ces fleurs en papier.

Elle n'eut pas à réfléchir longtemps. La petite femme lui arracha le bouquet des mains et se mit à en fouetter l'homme à la face de lune. Le grand clown intervint alors, les sépara, puis la fille s'approcha de Prue et, sous les yeux de Kristin écroulée de rire, se lança dans un ridicule numéro de femme jalouse.

*Elle commence à me prendre la tête, celle-là*, pensa-t-elle. Sentant sa sœur contrariée, Piper s'avança vers l'artiste et lui souffla :

— Méfiez-vous, elle va essayer par tous les moyens de vous piquer votre petit ami.

— Piper ! s'exclama Prue, faussement indignée.

Quant à Phoebe, elle s'approcha de l'homme au visage de lune et lui chuchota :

— Je suis sûre qu'elle vous aime déjà.

Aussitôt, avec un geste théâtral, le clown élégant tomba à genoux devant Prue et fit mine de lui demander sa main. Se ruant alors sur lui, la petite boulotte lui embrassa la tête avec frénésie tandis que le grand clown tentait à nouveau de les séparer. Attrapant la fille par le col, il la souleva et l'installa sur ses épaules.

Prue se mit à applaudir en souhaitant que cela sonne la fin de ce spectacle grotesque. Ce qui parut faire son effet, car Phoebe, Piper et Kristin joignirent leurs applaudissements aux siens avec enthousiasme.

Pour marquer le finale, la femme clown sauta des épaules de son partenaire et se jeta en criant dans les bras de l'homme à la face de lune.

— Magnifique ! s'écria Kristin. Tu ne trouves pas, Prue ?

— Oui... murmura-t-elle sans grande conviction.

— Je m'appelle Kaboodle, annonça le grand clown en lui tendant la main. Et voici ma femme, Masha.

— Et lui, c'est Sacha, enchaîna-t-elle en se tournant vers l'homme au visage lunaire.

— Nous préparons un spectacle avec Kaboodle et Masha, expliqua alors Kristin. Ce sont les plus anciens, ici, et ce qu'ils font est exceptionnel.

— Cela fait plusieurs années que nous travaillons ce numéro, poursuivit Kaboodle. Nous offrons aussi ce spectacle aux enfants des hôpitaux, dans chaque ville où passe le cirque.

— Lès gamins adorent ça, intervint Masha.

— On essaie de pousser Sacha à se joindre à nous, ajouta Kaboodle, mais il se fait un peu tirer l'oreille. N'est-ce pas, Sacha ?

Comme celui-ci restait muet, Prue se demanda s'il avait une langue.

— Ne faites pas attention à lui, reprit Masha. Il est du genre silencieux. Chacun de nous possède un caractère particulier. Moi, je suis ronde, Kaboodle est grand, Sacha est…

— Silencieux ? coupa Prue.

En réponse, Sacha esquissa un sourire et la salua d'un léger signe de tête.

— Vous verrez, dit Kaboodle, que certains artistes refusent de dévoiler leur véritable identité devant ceux qu'ils considèrent comme des étrangers. Devant vous, par exemple.

— Et d'autres vont même jusqu'à nous la cacher à nous, ajouta Masha en indiquant le clown au profil lunaire. J'ai pourtant réussi à le faire parler, une fois, mais je ne l'ai jamais vu sans son maquillage. Toutes les filles ici se demandent s'il est aussi beau qu'il en a l'air. Pas vrai, Sacha ?

Pour toute réponse, il roula des yeux exorbités, puis leur tourna autour en se pavanant comme un paon. Ravies, Phoebe et Piper firent mine de tomber en pâmoison.

— Je vois que vous êtes des actrices-nées, lança Kaboodle en éclatant de rire.

— Je ne vous le fais pas dire, commenta Prue. Parfois, elles se comportent même comme de vrais bouffons.

Phoebe se contenta de répondre par une moue tandis que Piper jetait un regard noir à sa grande sœur chérie.

— Bon, intervint Kristin sur un ton péremptoire, trêve de plaisanteries, maintenant ! J'aimerais qu'on prenne des photos de ces trois-là. Et n'oubliez pas qu'on a plusieurs interviews à lancer dans la journée.

Sacha, Masha et Kaboodle prirent la pose pendant que Prue les mitraillait. Et, comme le temps était radieux, aucun éclairage spécial ne fut nécessaire pour la séance de photos.

— Parfait, dit Kristin en consultant son bloc-notes. Il nous faudrait maintenant des clichés sur la piste du cirque.

— En couleurs, aussi, précisa Prue. En revanche, j'ai pensé que le noir et blanc serait mieux pour les interviews.

— Très bien, approuva la journaliste. Ça nous procurera des ambiances différentes. Aujourd'hui, on s'entretiendra avec M. Amalfi, à la fois

Monsieur Loyal et propriétaire du cirque, puis avec Ivan le Violoneux.

— Ivan… ? répéta Sacha en laissant tomber le haut-de-forme qu'il tenait à la main.

Dans un même élan, toutes les têtes se tournèrent vers lui. *Tiens*, songea Prue, amusée, *il a une langue, finalement*.

— Oui, répondit Masha. Ça te pose un problème ?

— Vous ne pourriez pas plutôt interviewer les Cantonelli Volants ? suggéra-t-il. Ils ont un spectacle de voltige hallucinant. Je crois que ce serait bien mieux que d'aller parler à Ivan…

Pourquoi Prue devinait-elle un accent d'inquiétude dans sa voix ? Leur éventuelle rencontre avec cet Ivan le contrariait-elle à ce point ? Était-il jaloux de cet artiste ? Craignait-il qu'il ne lui vole la vedette ?

— Pourquoi est-ce qu'on ne pourrait pas lui parler ? finit-elle par demander.

— Le show d'Ivan est très particulier, intervint Kristin, soudain inquiète. Il est prévu à notre programme. Mon éditeur a été très spécifique là-dessus. M. Amalfi aussi.

— Pardonnez-moi, articula Sacha avec un petit salut. J'ai commis un impair. Je n'aime pas dire du mal d'un artiste dans son dos. L'interview d'Ivan ne me pose aucun problème mais… il semble que les ennuis le guettent en permanence. Soyez prudentes.

*Un peu comme pour les Halliwell*, ne put s'empêcher de songer Prue. Ce fut alors qu'elle surprit un étrange échange de regards entre Kaboodle et Masha.

— C'est vrai, ce que dit Sacha ? leur demanda-t-elle. Il vaudrait mieux éviter Ivan ?

Kaboodle prit l'air ennuyé.

— Il y a des gens qui pensent qu'Ivan est victime de malchance, cette saison. Il est arrivé des choses…

— Certains croient qu'il a reçu un mauvais sort, renchérit le clown à la face de lune.

— C'est bon, Sacha… le mit en garde Masha sur un ton ferme.

— Je ne fais que répéter ce que tout le monde sait déjà, insista-t-il.

— Le Bohémien Maudit, voilà un sujet d'enfer ! s'extasia Kristin. On nage en plein cœur des superstitions liées au cirque ! Génial !

Tandis que Prue levait les yeux au ciel d'un air excédé, Kristin regarda sa montre et lâcha :

— Ivan nous attend dans sa caravane. On y va !

Prue photographia ses deux sœurs en train de chahuter avec les clowns, puis lança :

— Maintenant, j'ai des preuves irréfutables à utiliser contre vous.

Comme elle réunissait ses affaires pour rejoindre les autres, Piper s'approcha d'elle et lui demanda :

— Alors, grande sœur, ce n'était pas si terrible, finalement ?

— Ça ira, je survivrai, admit-elle.

— Ils sont trop mignons, tous ! s'exclama Phoebe. Je crois qu'on ne va pas s'ennuyer avec ce cirque.

— Vous avez vos passes ? demanda Prue.

— Oui, répondirent-elles en chœur.

— Alors, on se retrouve après le spectacle, devant l'entrée des artistes, par exemple ?

— D'accord, à tout à l'heure !

— Prue, tu viens ? l'appela Kristin.

— J'arrive, répondit-elle en sentant qu'elle écrasait quelque chose de mou sous son pied.

Une crotte d'éléphant… !

*Merveilleux... Si cet Ivan porte vraiment la poisse, qu'est-ce qui m'attend ensuite ?*

## CHAPITRE 3

Piper inspira profondément. Il flottait autour d'elle un doux mélange d'odeurs animales, de barbe à papa et de pop-corn, qui n'était pas fait pour lui déplaire. C'étaient les odeurs de la campagne, de l'enfance, et elle aimait cela. Elle aimait aussi sentir la chaleur du soleil sur ses bras nus, et tout ce monde qui s'affairait autour d'elle.

Comment Prue pouvait-elle détester le cirque ? Piper, elle, retrouvait ses dix ans. Une impression bien douce, après les combats qu'elle avait menés avec ses sœurs contre les démons. C'était si bon d'échapper un peu à leur mission : protéger les innocents et se protéger elles-mêmes de ces sorciers qui ne cherchaient qu'à les anéantir.

Piper se tourna vers Phoebe. Sa sœur était manifestement aussi fascinée qu'elle par cette soudaine impression de liberté et d'insouciance. Penchée au-dessus d'un clown en train de peindre un visage d'enfant, elle contemplait la fillette qui riait de délice.

— Hé, jolie madame, voulez-vous un chapeau ?

Piper leva la tête vers le stand d'où provenait la voix. Un adorable jeune homme à la crinière blonde était en train de tordre des ballons dans des formes impossibles. Il lui tendit un cygne aux reflets bleu marine.

— Je… suis censée mettre ça sur ma tête ?

— Oui, comme ça, dit-il en lui posant l'animal sur les cheveux. Sublime ! Cette coiffe vous va à ravir !

Piper fouilla dans son sac et lui tendit un billet. À son avis, ce garçon n'avait même pas l'âge du bac.

— Oooh, où as-tu trouvé ça ! s'exclama Phoebe en la rejoignant. C'est super, et ça te ressemble tellement !

— Ah, une autre jolie dame ! lança le jeune homme. Attendez, je vous prépare quelque chose de ravissant, fait tout spécialement pour vous.

En moins de trente secondes, Phoebe se retrouva coiffée d'une girafe rose.

— Tu vois ? lui dit Piper. Impossible de lui résister.

— C'est vrai, il est magnifique, fit-elle en lui glissant un autre billet dans la main.

— Je ne pourrais pas avoir votre numéro de téléphone à la place ? hasarda le jeune homme.

— Désolée, sourit Piper. On ne sort qu'avec les grands.

Elle passa son bras autour de celui de sa sœur et toutes les deux s'éloignèrent en riant.

— Cet endroit est bourré de beau gibier, commenta Phoebe avec un sourire appréciateur.

— Vous voulez tenter votre chance ? interrogea non loin d'elles un Adonis à la musculature de rêve.

Comme il leur tendait trois anneaux, Phoebe s'approcha et répliqua :

— Pourquoi pas ? Qu'est-ce que c'est, votre jeu ?

— Ce sera plus facile si vous ôtez d'abord la bête que vous portez sur la tête.

— Ah, oui, j'avais oublié… sourit-elle en se débarrassant de la girafe qui lui couvrait le crâne. Alors, qu'est-ce que je dois faire ?

— Oooh, les filles, ne vous laissez pas embobiner par ce Musclor en celluloïd ! tonna alors derrière elles une voix de stentor. Je te vois venir, Jim, avec ton charme ravageur.

Piper se retourna et bondit en arrière en se plaquant une main sur le visage. Un géant, tatoué des pieds à la tête, portant une chemise noire en loques et trois anneaux d'or à l'oreille, venait de se planter devant elle. Ce n'était pas son allure qui la révulsait, mais l'énorme serpent qui s'enroulait autour de ses épaules !

— Arrête, Ralphie, lui rétorqua Jim. Ces dames pourraient finir par te croire.

Comme il s'avançait vers elles, Piper, écrasée contre le mur de la baraque, était à deux doigts d'utiliser ses pouvoirs magiques pour le figer sur place.

— Méfiez-vous du beau Jim, leur dit-il alors. Moi, c'est Raphaël, pour vous servir. Et à qui ai-je le plaisir de m'adresser ?

Les yeux rivés sur le serpent qui semblait la menacer de sa langue fourchue, Phoebe resta tout aussi muette que sa sœur.

— C'est toujours la même chose, se lamenta Jim. Chaque fois qu'une jolie cliente se présente, Ralphie essaie de la récupérer.

Pourtant, Raphaël et lui s'adoraient, c'était visible.

— Ne vous laissez pas impressionner par Isabella, reprit le géant tatoué. Elle voudrait juste faire un peu mieux connaissance avec vous. C'est pas vrai, ma jolie ?

Il lui appliqua alors un baiser sonore sur les lèvres. Si un serpent avait des lèvres… Puis il s'approcha de Phoebe en se léchant littéralement les babines. Davantage que le serpent, c'était lui qu'elle craignait, en fait.

— Elle… elle est mignonne, votre bête, articula-t-elle non sans reculer d'un pas.

— Allez-y, ma belle, caressez-la, l'encouragea-t-il en lui brandissant l'animal sous le nez.

Stupéfaite, Piper vit alors Phoebe poser une main sur le serpent. Qui, aussitôt, s'enroula autour de son bras pour lui grimper jusqu'à l'épaule.

— À votre tour, déclara Raphaël en s'avançant vers Piper.

— Heu… je ne crois pas que…

Par chance, elle entendit à cet instant une voix féminine l'appeler.

— Il faut que j'y aille ! Quelqu'un… on m'attend !

Sans un mot de plus, elle s'éloigna au pas de course et planta là Phoebe, Raphaël et le serpent.

— Piper, c'est moi !

— Jenny ? s'étonna-t-elle en apercevant la gamine de douze ans qui courait à sa rencontre.

Derrière elle marchait un homme à la silhouette mince et athlétique, au beau visage orné d'immenses yeux gris.

— Et… Dan ? Mais, qu'est-ce que vous faites là ?

Sa rupture avec Dan, quelques mois plus tôt, restait pour Piper le moment le plus pénible de sa vie. Comparé à cela, combattre des démons lui semblait presque un jeu d'enfant. Mais elle savait qu'elle avait eu raison de le quitter. Ses sentiments pour Léo étaient bien trop forts et il fallait qu'elle donne une chance à leur relation.

C'était Jenny, la nièce de Dan, qui avait mis les Halliwell en rapport avec leur beau voisin. Et Piper était entrée dans sa vie comme on entre en religion. Pour malheureusement s'apercevoir un peu plus tard qu'il était préférable d'en sortir au plus vite.

Pourquoi les choses étaient-elles toujours si compliquées ? songea Piper pour la millième fois.

Jenny lui sauta au cou.

— Piper, c'est super de te voir ici ! Je suis trop contente !

— Bonjour, lui dit simplement Dan.

— Bonjour, répondit-elle en lui tendant une main timide.

— Je n'arrive pas à croire qu'on soit tombés sur toi ! s'exclama Jenny. Maintenant, peut-être que ce cirque stupide ne sera plus aussi ennuyeux.

— Ennuyeux ? répéta Piper, surprise.

— Oui, oncle Dan me prend pour un bébé en croyant que j'aime le cirque. Mais ce n'est plus de mon âge.

— Je ne sais pas… Moi, ça me plaît.

— Ah, bon… Mais, au fait, qu'est-ce que tu fais ici ?

— Prue a un reportage photo à faire pour le cirque. Alors, elle nous a déniché des passes pour qu'on l'accompagne un peu partout.

— Ça veut dire que vous pouvez entrer dans les coulisses et aller là où c'est interdit ?

— Oui, lui répondit Piper avec un petit sourire.

Du coin de l'œil, elle surveillait Dan qui restait muet. Depuis tout à l'heure, pas une fois elle n'avait osé le regarder droit dans les yeux. Se sentirait-elle toujours aussi mal à l'aise devant lui ?

— On peut rester avec Piper ? demanda soudain Jenny à son oncle en se pendant à son bras.

— Je ne sais pas, hésita-t-il. Ces passes ne sont certainement pas valables pour n'importe qui.

— Attends, on va peut-être pouvoir s'arranger, dit Piper. Je peux garder Jenny avec moi et… la ramener chez elle après le spectacle.

— Oui, ce sera peut-être plus facile comme ça, répondit-il.

— Oh, super ! s'écria Jenny. Mais toi, oncle Dan ?

— Ne t'inquiète pas, je saurai m'occuper. Et toi, tâche de ne pas jouer les pestes avec Piper.

— Promis !

— Allez, amusez-vous bien, lança-t-il non sans un regard appuyé du côté de Piper.

Puis il s'éloigna et se fondit dans la foule.

Malgré elle, la jeune femme ressentit un étrange pincement au cœur en le voyant partir. *Arrête de te monter la tête*, se dit-elle. *Il se montre sympa, c'est tout, et tu es très heureuse avec Léo. Dan, c'est du passé. Laisse-le là où il est.*

— C'est dommage, soupira alors Jenny. Pourquoi, toi et Dan, vous n'êtes plus amoureux ?

— C'est comme ça, articula Piper en se demandant où était passée Phoebe.

— Vous étiez parfaits, ensemble. Et il avait l'air d'être bien plus heureux avant, avec toi.

Cette fois, ce fut à Piper de soupirer. Surtout, surtout ne plus évoquer le passé.

— Regarde, des barbes à papa ! Tu en veux une ?

Sans attendre de réponse, Piper poussa doucement Jenny vers le stand. Elles choisirent deux parfums différents puis continuèrent à se promener entre les stands d'attractions.

— Qu'est-ce que c'est, cette petite baraque ? demanda soudain Jenny.

Toutes deux s'arrêtèrent devant une caravane peinte de couleurs vives, installée entre deux gros arbres. Une toile bariolée était tendue au-dessus de la porte et abritait une table bancale entourée de deux chaises.

— On dirait la roulotte d'une voyante, répondit Piper.

— Une voyante… ?

— Oui, une diseuse de bonne aventure, si tu préfères. Elle lit l'avenir dans les cartes.

— Oh, on y va ?

Comme elles s'approchaient de la roulotte, une fille mince et musclée, coiffée d'une queue-de-cheval brune et vêtue d'un épais collant parme assorti à un sweat-shirt blanc, descendit en sautant les trois petites marches de bois qui menaient dehors.

Elle était suivie d'une vieille femme à la silhouette épaisse et à la peau tannée, habillée, selon la tradition bohémienne, d'une longue jupe ample et d'un boléro aux couleurs chamarrées. Des pièces d'or scintillaient sur le foulard qu'elle avait noué autour d'un chignon aussi noir que l'ébène.

— Merci, Olga, lui dit la jeune fille.

— Je te le répète, Miranda, fait attention ! lui lança la voyante d'une voix rocailleuse. Cet homme n'est pas fait pour toi. Et ce charme ne pourra pas te protéger des malheurs qu'il risque de te causer.

— Tu te trompes, Olga, rétorqua-t-elle en redressant fièrement la tête. Ce charme va agir, et il m'aimera, tu verras. Il va m'apporter le bonheur, j'en suis certaine.

— Si vraiment tu aimes cet homme, tu auras besoin de mon aide, Miranda.

Indifférente aux avertissements de la Bohémienne, la jeune fille se détourna et aperçut alors Jenny et Piper qui la regardaient. Elle parut rougir légèrement, puis disparut dans l'allée de caravanes.

— La bonne aventure, mesdames ? appela alors la vieille femme.

Piper et Jenny échangèrent un regard amusé, se léchèrent les doigts et parurent hésiter.

— Entrez, insista-t-elle. Venez visiter l'avenir. Venez voir Olga, elle vous dira tout.

— On y va ? demanda Jenny.

Devant l'hésitation de Piper, la voyante lança :

— Vous voulez vous débarrasser d'un mauvais sort ? Porter malchance à votre ennemi ? Découvrir qui pense à vous ? Olga, la diseuse de bonne aventure voit tout et sait tout !

Saisissant un tambourin accroché à la porte de sa roulotte, elle se mit à en jouer. Mais le son de l'instrument confirma à Piper ce qu'elle craignait : tout sonnait faux, chez cette Bohémienne. Il n'y avait rien de magique dans ces lieux. Et tant mieux, en fin de compte. Jenny paraissait si désireuse de se faire raconter son avenir. Et Piper elle-même avait envie de s'offrir un petit moment d'amusement.

— O.K., dit-elle sur un ton décidé. On y va !

— Oh, merci ! s'exclama Jenny en courant vers Olga. On peut voir l'intérieur de votre roulotte ?

— Ah, tu aimes mon *vardo* ?

Devant son air étonné, Olga ajouta :

— Cela veut dire roulotte, en tzigane. Pour une Bohémienne, inviter un *gaujo* – un étranger – dans son *vardo*, exige beaucoup de confiance. Il y a toujours des esprits qui planent dans un *vardo*, et il vaut mieux ne pas les déranger. Mais, oui… entrez. Toi et ton amie, vous êtes les bienvenues chez moi.

— Cool ! Allez, Piper, viens !

La jeune femme suivit Olga et Jenny dans la roulotte. Malgré le peu de lumière, elle devina que l'endroit était richement décoré et aussi coloré qu'à l'extérieur. Un puissant parfum d'encens emplissait l'air, et des bouquets d'herbes diverses séchaient aux fenêtres. Toutes sortes de pots et d'objets magiques étaient disposés çà et là, une fine poussière recouvrait les meubles et une légère fumée blanchâtre flottait autour d'elles.

Au milieu de la pièce se dressait une petite table recouverte d'un drap de velours noir, au milieu duquel trônait une boule de cristal entourée de coupelles contenant des pétales séchés.

— Dépose de l'argent dans ma paume et je te dirai l'avenir, déclara Olga à Jenny assise en face d'elle.

— Euh… combien d'argent ?

— Je m'en occupe, Jenny, intervint Piper en fouillant dans son sac. Combien pour lire les cartes de tarot ?

— Cinq dollars au départ, annonça la Bohémienne. Et plus, peut-être, si on approfondit les recherches.

Comme Piper lui tendait le billet, Olga lui prit la main et la garda un instant serrée dans la sienne, non sans la fixer avec une intensité qui la mit mal à l'aise. Puis, l'air mystérieux, elle la relâcha et glissa l'argent dans sa poche.

Envahie d'une impression étrange, Piper s'assit derrière Jenny pendant que la vieille femme prenait place en face d'elles. Saisissant alors la paume de la petite, elle l'étudia un instant puis plongea son regard dans le sien.

— Je vois, déclara-t-elle d'une voix grave. Tu aimerais avoir des réponses à tes questions. Peut-être sur ton petit ami ?

— Je n'ai pas de petit ami, répondit Jenny en riant.

— Je le savais. Je jouais un peu avec toi.

Piper étouffa un rire. *Bien sûr, tu le savais.*

*Comme moi je sais jusqu'où la Bourse grimpera demain...*

— Qu'est-ce que tu veux savoir, mon enfant ? interrogea la Bohémienne.

— Hum... Ah, oui, je sais ! lâcha-t-elle avant de se retourner vers Piper. On peut lui demander de lire les cartes sur toi et Dan. Oui, voilà ce que je voudrais savoir : est-ce que Piper et Dan vont retourner ensemble ?

Olga choisit quelques cartes puis les mêla longuement avant de les observer.

— Ah... je vois, dit-elle enfin en regardant la jeune femme. Oui, je vois des cœurs brisés. N'est-ce pas ?

Piper croisa les bras et secoua négativement la tête.

La voyante retourna une autre carte.

— Là non plus, je ne vois rien de bon pour l'amour.

— Mais, est-ce qu'il va leur arriver quelque chose de bien ? s'impatienta Jenny.

De nouveau, les yeux d'Olga rencontrèrent ceux de Piper, et celle-ci haussa les épaules. Comment la vieille femme allait-elle lui répondre ?

— Oui, bien sûr, répliqua-t-elle à Jenny. Cette relation va finir par être résolue. Chacun des deux va trouver un nouvel amour.

Déçue, la petite fronça les sourcils.

— Tu veux peut-être demander quelque chose pour toi, personnellement ? lui proposa alors Piper.

— Je ne sais pas…

— Je laisse les esprits me guider, dit alors Olga en poussant les cartes de côté et en tirant la boule vers elle.

Tout en l'effleurant des paumes, elle annonça :

— Je vois quelque chose à travers les brumes…

Sa voix se fit soudain plus grave et ne devint bientôt plus qu'un murmure. *C'est décidément une excellente actrice*, songea Piper, amusée.

— Oui, oui… continua la vieille femme. Je pressens une grande victoire pour toi, mon enfant. Un événement positif. Une victoire, oui. Une victoire en amour ? Dans une compétition sportive ? Dans les études… ?

— Est-ce que mon équipe de foot va gagner le championnat ?

— Si tout se passe comme cela se présente en ce moment, c'est oui, lui assura Olga.

*Voilà la réponse idéale*, pensa Piper. *Quoi qu'il arrive, elle sera correcte*.

Ce qui parut combler Jenny de satisfaction.

— Chouette ! s'écria-t-elle. Je savais qu'on finirait par les avoir !

— Et moi je sais qu'on devrait rejoindre le

cirque, maintenant, déclara Piper en se levant. Le spectacle va bientôt commencer.

— Ah, oui, il ne faut pas rater le début.

Elle se leva à son tour et remercia Olga.

— C'est toujours un plaisir de lire des avenirs souriants, lui répliqua la Bohémienne.

Une fois dehors, Piper prit le temps de s'habituer à la lumière de l'extérieur puis dit à Jenny :

— Attends-moi ici deux minutes, je voudrais laisser un petit pourboire à Olga.

De retour dans la roulotte, elle trouva la vieille femme debout devant sa table et l'entendit marmonner :

— Je sens un danger.

*C'est incroyable, elle se laisse vraiment prendre à son propre jeu*, songea-t-elle.

Soudain, Olga se retourna et Piper fut frappée par l'intensité de son regard sombre.

La Bohémienne lui prit alors la main et murmura :

— Il faut partir d'ici, jeune dame… et surtout ne plus revenir.

# CHAPITRE 4

Piper considéra la voyante d'un air stupéfait.

— Il faut partir, lui répéta-t-elle. Vous êtes en grand danger dans ce cirque. Ne restez pas ici.

— Mais pourquoi ? Je ne comprends pas… Vous devez vous tromper d'Halliwell. C'est ma sœur, Prue, qui n'est pas très copine avec le cirque.

Olga se laissa tomber sur sa chaise.

— Je sens autour de vous un champ magnétique très négatif. Une énergie qui capte l'obscurité.

*Voilà*, songea Piper, *c'est moi qui suis censée avoir peur, maintenant*.

Olga pouvait-elle deviner qu'elle était une sorcière ? Avait-elle le don de double vue ? Son attitude avec Jenny n'était peut-être pas bidon, après tout…

— Je sens des forces démoniaques dans ces

lieux, continua la vieille femme. Vous ne voyez que des lumières, vous n'entendez que de la jolie musique, mais tout ceci n'est qu'un masque qui dissimule des forces ténébreuses. Vous devez faire très attention.

— Mais, pourquoi suis-je en danger ? insista Piper.

Olga ferma les yeux et se mit presque à haleter avant d'émettre un gémissement sourd.

— Je sens un maléfice qui se prépare… souffla-t-elle. C'est vous qui êtes visée. Je ne peux rien vous dire de plus. Vous devez partir d'ici.

Piper n'en revenait pas. Elle finit par balbutier :

— Bon… eh bien… merci pour l'avertissement. Je… je pars rejoindre mon amie.

Elle sortit en laissant Olga marmonner des paroles incompréhensibles. Une fois dehors, elle retrouva Jenny qui lui demanda :

— Alors, c'est bon ? Il faut se dépêcher, maintenant, le spectacle va bientôt commencer.

— Oui, c'est bon… murmura Piper en se rendant soudain compte qu'elle avait oublié de laisser un pourboire à la diseuse de bonne aventure.

*De* bonne *aventure ? Quelle ironie !*

Ignorant le sentiment de malaise qui sourdait en elle, Piper entraîna Jenny vers l'entrée du cirque, non sans éprouver la désagréable impression qu'on la regardait. Elle se retourna et vit que la

Bohémienne, debout devant sa roulotte, l'observait de loin. Lorsque leurs yeux se rencontrèrent, la vieille femme lui fit un signe étrange de la main puis s'éloigna.

*Bizarre, trop bizarre*, pensa Piper. *Je vais consulter le* Livre des Ombres *pour voir si je trouve quelque chose sur les rites magiques tziganes. Pourquoi, moi, serais-je l'objet d'un maléfice ?*

La Bohémienne semblait – ou prétendait – être très affectée par ce qu'elle avait vu dans la boule de cristal. Et il y avait plus grave : si elle possédait de réels pouvoirs, Piper ne voulait surtout pas qu'elle découvre qu'elle était une sorcière.

Cependant, refusant de se laisser submerger par d'inutiles questions, elle décida d'oublier pour l'instant Olga et ses sinistres prédictions.

L'œil vissé au viseur de son appareil, Prue mitraillait Ivan le Violoneux. *Un vrai bonheur !* songeait-elle. *Il est superbe, et photogénique en diable.*

Assise au bord du lit de l'artiste, Kristin prenait des notes. Elles interviewaient Ivan depuis une heure déjà, et il semblait à Prue que le temps filait à toute allure.

— C'est votre deuxième saison avec la *Cavalcade*, disait Kristin. Que faisiez-vous avant cela ?

— Je tournais en Europe, avec des cirques plus petits. M. Amalfi a entendu parler de moi et m'a gentiment proposé un rôle important dans son spectacle.

Kristin feuilleta un carnet posé à côté d'elle et déclara :

— Je vous trouve bien modeste, Ivan. Selon M. Amalfi, vous étiez en passe de devenir une énorme vedette en Europe, et il a eu la chance de vous alpaguer juste à temps pour vous emmener avec lui aux États-Unis.

Ivan pencha la tête, et ses épaisses boucles brunes dégringolèrent en cascade sur son front.

— Il est trop aimable…

Il se leva alors, se dirigea vers la kitchenette, au fond de la roulotte, puis proposa :

— Aimeriez-vous une tasse de thé ?

— Non, merci, dit Kristin tandis que Prue répondait par un signe de tête négatif.

Sans se retourner, il remplit néanmoins une bouilloire et la posa sur une plaque chauffante.

Prue s'émerveillait de voir avec quel soin la caravane était aménagée et entretenue. Pas la moindre place n'était perdue, l'endroit était joliment décoré et tout semblait propre et net. Les lecteurs de *415* seraient ravis de découvrir comment un artiste tel que lui vivait dans cet environnement original. Et puis, il était si beau, il évoluait avec une telle aisance !

*Heureusement, en tant que photographe, je peux le regarder tout à ma guise*, se dit Prue avec un sourire. Et elle ne s'en privait pas. Avec son teint mat et ses pommettes saillantes, ses yeux noirs soulignés de longs cils ressortaient admirablement sur son visage fin. Pourquoi les hommes avaient-ils toujours des cils immenses, alors que les filles devaient passer la moitié de leur matinée à les recouvrir de mascara pour qu'ils paraissent longs ?

Le foulard de soie aux motifs bleu nuit qu'il portait sur le front, son ample chemise aux manches bouffantes, sa culotte sombre et ses bottes de cuir lui donnaient l'air d'un pirate. Et l'anneau d'argent qui ornait son oreille ne faisait qu'ajouter à cet effet.

Tandis qu'elle l'étudiait des pieds à la tête, Prue se rendit soudain compte que le violoniste la regardait.

— Quel dommage de cacher un si beau visage, lui déclara-t-il tout à trac.

— Qu… quoi ? balbutia-t-elle en abaissant son appareil.

Il sourit alors, révélant ainsi deux adorables fossettes au coin de la bouche.

— Ah, voilà qui est mieux ! Maintenant, je vous vois.

Prue lui rendit son sourire. *Et moi qui voulais refuser cette mission. Quelle idiote…*

— Il faut quand même que je fasse mon travail, articula-t-elle en rougissant.

— Dans ce cas, si vous devez le faire, faites-le.

— Bon, lança soudain Kristin, quand vous aurez fini de flirter, tous les deux, j'aimerais finir cette interview.

Prue savait que Kristin adorait tout ce qui touchait à la romance. Combien de fois avait-elle entendu parler de ses multiples tentatives pour marier ses amis ? Elle savait aussi que la journaliste avait une passion pour les rumeurs et les bruits de couloir. Alors, autant se concentrer sur son boulot, sinon ces rumeurs arriveraient au *415* avant même qu'elle ait eu le temps de développer ses films.

— Votre collègue a raison, déclara Ivan avec un sourire. Le travail est important, la discipline aussi. Mais il ne faut pas en oublier le plaisir pour autant.

*Oui, le plaisir…* pensa Prue en caressant son appareil.

— Je sais que, dans votre spectacle, vous vous faites appeler *Ivan, le Tzigane Violoneux*, dit Kristin. Alors, dites-moi, êtes-vous réellement un

Tzigane ? Ou est-ce uniquement pour la publicité que vous avez adopté ce nom ?

— Non, je suis un vrai Tzigane. Un Rom, comme on dit chez nous. Il y a encore beaucoup de tribus bohémiennes éparpillées à travers le monde. Ma famille a voyagé essentiellement en Europe de l'Est, mais nous partageons notre langue avec les Roms de nombreux pays : l'Angleterre, la Roumanie, jusqu'à la Mongolie. Les Roms ont toujours voyagé, mais pas toujours de leur propre volonté.

Prue se demanda si l'héritage tzigane d'Ivan avait aidé à propager l'idée qu'il avait le mauvais œil. Elle savait qu'on associait les Bohémiens à toutes sortes de traditions magiques. Sortilèges, divination, maléfices, présages… tout cela s'imposait à son esprit quand elle entendait les mots Tzigane, Bohémien ou Gitan.

— Que pensez-vous des malédictions liées aux Tziganes ? demanda-t-elle à Ivan.

Ses yeux prirent une teinte plus sombre que jamais.

— J'en ai entendu parler, bien sûr.

— Je peux en conclure que vous y croyez ?

— Certainement pas, dit-il en se passant une main dans les cheveux.

*De si jolies boucles*, songea-t-elle. *Si je pouvais en faire autant…*

— Pendant des siècles, on a persécuté les Tziganes à cause de telles croyances, expliqua-t-il. On les a accusés de sorcellerie, on les a brûlés pour cela.

*Alors, on a finalement quelque chose en commun, lui et moi. Car certains de mes ancêtres ont connu le même sort…*

La bouilloire se mit à siffler, et Ivan se prépara son thé en continuant de raconter :

— Dans ma famille, si on est très fiers de notre héritage, on ne se laisse pas non plus prendre la tête par toutes ces histoires de magie. C'est pour cela que nous avons du mal à rester crédibles, parfois. Pour les uns, on ne pratique pas assez la sorcellerie, pour d'autres, on en fait trop.

— Évidemment, ce n'est pas facile, commenta Kristin.

— Mais ma famille a réussi à rester en dehors de tout cela, poursuivit Ivan en se servant une tasse de thé brûlant. Personnellement, je pense que cette prétendue magie des Bohémiens n'est qu'une ruse destinée à prendre aux *gauchos* leur argent.

— Les *gauchos* ? répéta Kristin.

— C'est le terme rom pour parler des non-Tziganes.

La journaliste s'empressa de noter ce terme sur son calepin tandis qu'Ivan jetait un regard de côté à Prue… qui frissonna. Décidément, cet homme avait sur elle un effet qu'elle n'aurait jamais osé imaginer. Heureusement qu'elle avait son appareil derrière lequel se cacher !

— Parlez-nous un peu de votre famille, demanda soudain Kristin sans lever le nez de son bloc-notes. A-t-elle toujours été dans le cirque ?

— Du côté de mon père, nous avons toujours travaillé avec les animaux. Du côté de ma mère, la famille a plutôt fabriqué des instruments de musique. Moi, j'ai mélangé un peu les deux.

Il se dirigea vers une petite armoire de bois peint et, avec précaution, en sortit un violon qu'il présenta aux deux jeunes femmes.

— Il est dans la famille depuis des générations, observa-t-il. C'est le grand-père de ma mère qui l'a fabriqué. Moi, je me contente aujourd'hui d'en jouer.

— Et quel est votre rôle dans la *Cavalcade* ? interrogea Prue. Excusez-moi, mais je ne vais pas souvent au cirque. Je sais que vous êtes connu dans le monde entier, cependant…

— Le cirque est un endroit spécial, admit Ivan en souriant. Tout le monde ne s'y sent pas forcément attiré.

— Peut-être saurez-vous me faire changer d'avis.

— Je l'espère.

— Ivan présente un numéro extraordinaire avec les animaux, intervint Kristin. Il ne faut pas rater ça. C'est absolument fantastique !

— Tu l'as vu ? lui demanda Prue.

— Oui, en Europe. C'est splendide.

Jetant un regard admiratif au violoniste, elle ajouta :

— C'est à cause de vous que j'ai insisté pour réaliser ce reportage.

— Merci, mais c'est trop, dit-il avant de se tourner vers Prue. Mes animaux et moi, nous apprécions la musique que je joue sur mon violon, c'est tout. C'est la musique de mon peuple, celle qui a bercé mon enfance.

— J'ai vraiment hâte de voir votre numéro, lui confia Prue.

Après avoir replacé son instrument dans la petite armoire, Ivan déclara :

— Maintenant, vous devez voir mes partenaires. Sans eux, je ne suis rien.

— Oh, on peut ? glapit Kristin en bondissant sur ses pieds.

— Ça va faire d'excellentes photos, ajouta Prue sur un ton qui se voulait professionnel.

Ivan conduisit les deux jeunes femmes à travers un dédale de caravanes pour atteindre le fond du parc… où flottait dans l'air une puissante odeur animale. Des grognements s'élevèrent à mesure qu'ils approchaient.

— Ah, dit Ivan, ils savent qu'on arrive. Ils nous appellent.

Alors qu'ils se promenaient devant les cages, le Tzigane se mit à fredonner un petit air, et les animaux, qui ne cessaient d'aller et venir, s'arrêtèrent en paraissant le reconnaître.

— Salut, ma belle, lança-t-il à une lionne. Tu es prête pour ton numéro de ce soir ? Il y a là deux dames qui ne demandent qu'à être impressionnées.

— On dirait que ces animaux vous adorent, observa Prue sur un ton admiratif.

— Oui et, croyez-moi, c'est mutuel, répondit-il en venant gratter la tête d'un gros ours brun. C'est d'ailleurs le seul moyen de bien travailler ensemble. Nous nous aimons et, surtout, nous nous respectons.

Ivan se baladait d'une cage à l'autre, parlant doucement à chacun des animaux, mais sachant rester ferme quand un lion se montrait un peu trop empressé avec lui.

— Les animaux sont de merveilleuses créatures, poursuivit-il en poussant plus loin leur promenade. Ils sont nobles et purs, et c'est une véritable bénédiction de pouvoir communiquer avec eux.

De temps à autre, il entrait dans une cage, vérifiait l'état d'une patte ou d'une oreille, remplissait un seau d'eau, parlait à l'un ou à l'autre, les caressait.

Émerveillée par la douceur et la grâce de ses gestes, Prue se prit à rêver. Quelle femme n'adorerait pas avoir un compagnon aussi prévenant… ?

C'est alors qu'elle perçut un mouvement dans les taillis, derrière eux. Puis, plus rien. Quant à Kristin, elle était si captivée par ce qu'elle découvrait qu'elle ne remarqua pas ce qui avait attiré l'œil de sa photographe. Seul l'ourson dont s'occupait Ivan parut sentir une présence.

Une femme à la silhouette épaisse et aux vêtements chamarrés se tenait à quelques mètres d'eux en les observant.

Prue s'approcha d'Ivan et murmura :

— Qui est-ce ?

Il leva la tête et répliqua simplement :

— C'est Olga.

— Elle… a l'air un peu bizarre, non ?

— C'est vrai ? intervint Kristin. C'est bien Olga, la voyante ? Elle est sur ma liste d'interviews. Vous pouvez me la présenter ?

Le visage d'Ivan s'assombrit d'un seul coup.

— Je ne préfère pas.

— Pourquoi ? interrogea Prue. Vos familles seraient-elles rivales ?

— Pas vraiment, mais… disons que nous ne partageons pas les mêmes points de vue.

Prue se tourna vers la vieille femme qui faisait d'étranges gestes dans leur direction.

— Qu'est-ce qu'elle fait ?

— Elle se protège du mauvais œil, répliqua Ivan avec un sourire. Ou, plus exactement, de la malédiction qu'elle croit planer au-dessus de ma tête.

## CHAPITRE 5

— Une malédiction ? Génial ! s'exclama Kristin. Ça va nous procurer des articles d'enfer !

— Certainement pas ! rétorqua Ivan sur un ton sec.

Prue se tourna vivement vers lui. C'était la première fois qu'elle l'entendait élever la voix.

— Je ne veux pas que vous écriviez quoi que ce soit sur cette prétendue malédiction, continua-t-il en fixant sur elle un regard dur.

— Pourquoi pas ? insista Kristin. Ça passionnerait tous nos lecteurs !

— Justement, cela ne ferait que nous ridiculiser encore plus aux yeux du monde. Les sortilèges, les superstitions, tout cela est stupide. Avec ses histoires de signes et de mauvais présages, Olga s'égare totalement.

Pour la deuxième fois aujourd'hui, quelqu'un prétendait qu'Ivan avait le mauvais œil, songea

Prue malgré elle. Pourtant, elle n'avait rien vu, rien senti autour de lui qui puisse corroborer ces rumeurs.

— Il faut rentrer, déclara-t-il soudain. Je dois me préparer pour le spectacle.

— Allez-y, tous les deux, leur dit Prue. La lumière est magnifique en ce moment, j'aimerais prendre d'autres photos.

Une lueur d'inquiétude traversa le visage d'Ivan.

— Normalement, je ne laisse personne rester sans moi auprès de mes animaux.

— Je vous promets de ne pas m'en approcher, lui dit aussitôt Prue. Je ne veux surtout pas les contrarier ni les énerver.

Ce qui ne parut pas convaincre Ivan.

— En les voyant avec moi, les gens croient que ces animaux sont apprivoisés, mais il n'en est rien. Ils sont capables de déchiqueter un étranger comme le ferait n'importe quelle bête sauvage.

— Je comprends. C'est précisément ça que je cherche à capturer dans mon objectif. Le contraste entre leur comportement avec vous et celui qu'ils retrouvent en votre absence.

Ivan la considéra un instant puis déclara :

— Je veux bien vous croire. Mais n'oubliez pas que leur puissance n'a rien à voir avec celle des humains.

— C'est une idée d'enfer, Prue, lui dit Kristin.

Je savais que tu ferais une excellente photographe. N'est-ce pas, Ivan, qu'elle est parfaite ?

Pour toute réponse, il se contenta de sourire.

— Merci, Kristin, fit Prue en prenant l'air modeste. Maintenant, allez-y. J'ai peur que la lumière ne change ; ce serait dommage.

La jeune femme passa un bon moment à photographier sous tous les angles les partenaires d'Ivan. Quand elle eut achevé un rouleau entier de pellicule, elle regarda sa montre.

— Oh, là… plus une minute à perdre, sinon je vais rater le début.

Elle rangea son matériel à la hâte, courut vers l'emplacement boisé où se tenaient les caravanes, hésita un instant puis gratta à la porte d'Ivan. Pas de réponse. Il devait déjà se trouver dans les coulisses, en compagnie de Kristin.

Comme elle courait rejoindre le cirque, son talon se prit dans les graviers et elle perdit son escarpin. En marmonnant, elle s'accroupit pour le récupérer et, au moment de se relever, vit une ombre apparaître devant elle.

— Ruby… articula une voix qui avait l'air d'un râle.

Lentement, Prue leva la tête pour découvrir un être vêtu d'un étrange costume. Ou plutôt de haillons. Les mains qui émergeaient de ses manches en loques étaient décharnées, il avait le visage blafard, ses yeux n'étaient que deux trous au-dessus de pommettes affreusement saillantes, et sa peau semblait prête à se détacher de son corps squelettique.

*Son maquillage est plutôt réussi*, pensa-t-elle. *On dirait vraiment un…*

— Ruby… ? répéta-t-il.

— Non, je ne suis pas Ruby, dit-elle en se redressant.

Il parut vaciller un instant, comme déconcerté par les paroles de la jeune femme. Puis il s'éloigna d'un pas traînant, avant de disparaître derrière la roulotte d'Ivan. *Pourquoi un personnage aussi sinistre se balade-t-il dans un cirque ?* se demanda Prue. *Il est du genre à terrifier les enfants*.

Sans lui laisser le temps de se poser plus de questions, Kristin bondit sur elle.

— Ah, te voilà ! Viens vite, le spectacle va commencer. Il ne faut surtout pas qu'on en perde une seconde !

— J'arrive, murmura-t-elle, saisie d'un désagréable frisson.

Ivan avait peut-être tort de ne pas croire aux présages.

Phoebe faisait tout son possible pour s'écraser dans son siège… et disparaître à la vue de Raphaël, le charmeur de serpents.

*J'ai vraiment le don de les attirer*, maugréa-t-elle pour elle-même. *Pourquoi Piper tombe-t-elle toujours sur des Adonis au caractère d'ange, et moi sur des remèdes contre l'amour ? Dan et Léo se battent pour elle, et moi, qu'est-ce que j'ai ? Un frappadingue qui essaie de me séduire avec un boa constrictor !*

Malgré tout, Phoebe devait reconnaître que sa sœur avait un peu de mal entre Léo et Dan. Ce dernier ne venait-il pas de resurgir dans sa vie alors qu'elle vivait une relation paisible avec son nouvel amour ? Piper éprouvait toujours un sentiment très fort pour Dan, et Phoebe espérait sincèrement que cette rencontre accidentelle ne ferait pas naître de nouveaux doutes dans son esprit.

Installée sur les gradins du fond, assez loin de la piste, finalement, elle s'interrogeait sur l'efficacité du passe que lui avait obtenu Prue. Mais elle avait tout de même une belle vue sur l'arène, au bord de laquelle elle apercevait sa sœur, qui mitraillait tout ce qui passait devant son objectif.

La musique hurlait dans les haut-parleurs tandis que les clowns faisaient leur numéro. Mais où était Piper ? À l'instant où Phoebe s'apprêtait à se lever pour partir à sa recherche, elle arriva en compagnie de Jenny.

— Ah, salut ! leur dit-elle. Je commençais à croire que vous vous étiez fait piétiner par un éléphant fou.

— Non, non, répondit distraitement Piper. On a été retardées, c'est tout.

Que s'était-il passé avec Dan ? Son absence, pourtant, en disait long.

— Dan est trop bête, se lamenta alors Jenny. Il croyait que j'aimais le cirque. Qui est-ce qui peut aimer les clowns, à part les gamins ?

— Moi, ça me plaît, rétorqua Phoebe.

À mesure que le spectacle avançait, pourtant, elle vit Jenny s'animer de plus en plus, éclater de rire devant les farces des clowns et s'émerveiller devant l'agilité des acrobates.

— Et, à présent, tonna soudain la voix de M. Amalfi, je vais vous demander, mesdames et messieurs, et à vous les enfants, d'observer le plus grand silence. Car, devant vous, vont apparaître les plus sauvages des animaux, mais aussi le plus beau des Tziganes, Ivan le Violoneux !

Les lumières s'éteignirent et, tout à coup, au milieu de l'obscurité, s'élevèrent des rugissements puissants, accompagnés de grognements inquiétants. Le cirque entier était plongé dans le noir, on ne distinguait rien. Puis une note aiguë résonna soudain, suivie d'une autre plus mélodieuse, et d'une autre encore, et, enfin, les projecteurs se rallumèrent un à un.

Au centre de la piste apparut une silhouette longue et mince, qui jouait du violon. L'artiste portait une ample chemise de couleur blanche, et un pantalon qui moulait son corps athlétique. Autour de lui, des animaux allaient et venaient dans des cages disposées en cercle sur le sable.

Sans cesser de jouer, le violoniste esquissa quelques pas de danse, s'approcha de la cage du lion et l'ouvrit d'un léger coup de pied.

*Notre Ivan est aussi un dresseur ou je ne m'y connais pas*, songea Phoebe, pleine d'admiration.

Puis il fit de même pour les autres bêtes, qui semblaient fascinées par la mélodie aux accents étranges qui s'échappait de son violon. Une fois toutes les cages ouvertes, Ivan retourna au centre de la piste et commença à exécuter un autre air. Autour de lui, tigres, lions et ours évoluaient avec grâce, comme charmés par les notes qui s'envolaient de l'instrument de leur maître.

Bien que subjuguée par cet extraordinaire numéro d'adresse, Piper risqua un coup d'œil de côté. La salle entière paraissait halluciner devant ce spectacle. Les gens échangeaient des regards aussi surpris que ravis, et une indicible sensation de bien-être flottait parmi le public.

Lorsque le violoniste acheva la dernière mélodie, les animaux exécutèrent chacun un salut à leur manière, puis regagnèrent tranquillement leur cage. De nouveau seul au centre de la piste, Ivan fit résonner une ultime note puis l'obscurité retomba.

Pendant un moment, l'assistance resta muette. Et, soudain, des applaudissements enthousiastes se mirent à crépiter de toutes parts.

— C'était trop génial ! s'extasia Jenny, émue aux larmes.

— Oui, c'était grandiose, reconnut Piper, bouleversée.

Quant à Phoebe, oubliant qu'elle devait se cacher de Raphaël, elle s'était levée et applaudissait à tout rompre.

Quand le spectacle fut terminé, après un nouveau tour de piste des clowns, Jenny demanda :

— Et maintenant, est-ce qu'on peut aller voir les artistes ?

— On verra, lui répondit Piper. D'abord, il faut descendre retrouver Prue. Il y aura peut-être beaucoup de gens autour d'eux.

— Je voudrais rencontrer Ivan ! insista Jenny. Et puis je voudrais caresser les cochons qui jouaient avec les clowns !

— D'accord, d'accord, lui dit Phoebe en riant.

— Mais, vite ! Sinon, on va tous les rater !

Piper roula des yeux étonnés en direction de sa sœur.

— Eh bien, pour une fille qui disait ne pas aimer le cirque, elle se pose un peu là !

Puis elle descendit à la suite de Jenny tandis que Phoebe récupérait son sac qui s'était malencontreusement renversé sous son siège, ainsi qu'un sweater oublié par Piper.

— Heureusement qu'il y a quelqu'un pour…

Au moment où elle posait la main sur le vêtement, une violente décharge d'énergie la secoua de part en part. Sa vue se voila subitement et une puissante vision s'imposa alors à son esprit.

*De longues mains agrippant un cou délicat,*
*Des mains plus petites se débattant,*
*De longs cheveux volant en tous sens,*
*Des yeux bruns chargés de cruauté et de fureur.*
*Douleur. Terreur. Impression d'étouffer.*

Phoebe relâcha le sweater. Qui tomba entre les gradins. Titubant, elle dut s'appuyer au dossier de son siège.

Piper… Elle venait de voir Piper se faire étrangler par un bel inconnu.

# CHAPITRE 6

Phoebe poussa un profond soupir. Il lui fallait toujours quelques secondes pour se remettre de ses visions. Elles lui tombaient dessus avec une telle force et une telle intensité qu'elles la laissaient le plus souvent désorientée.

Il fallait que Piper quitte cet endroit. D'urgence. Et sans que Jenny se rende compte de quoi que ce soit.

Dégringolant le long du mince couloir qui séparait les gradins, Phoebe se rua vers la piste. Déjà, les hommes à tout faire préparaient l'arène pour le spectacle du soir. Sur le côté, des gardiens surveillaient l'entrée des coulisses tout en aboyant des ordres dans leur talkie-walkie.

Où étaient-elles passées ? L'ennui avec ces visions, c'était que Phoebe ne savait jamais de combien de temps elle disposait avant que celles-ci ne se réalisent. Piper était-elle déjà en train de se faire étrangler ? Il y avait un tel chaos autour de la piste qu'elle imaginait aisément quelqu'un attrapant sa sœur et la traînant derrière une caravane pour l'y tuer en toute tranquillité.

Si au moins sa vision avait été plus claire. Tout ce que Phoebe avait vu, c'était de la haine dans le regard de ce trop bel homme, et ses mains en train d'arracher son dernier souffle à Piper. Rien qui puisse indiquer où et quand il allait agir. Rien sur les vêtements qu'il porterait. Juste un visage, aussi beau que cruel, et les gémissements étouffés de Piper dans ses efforts désespérés pour se dégager de l'étreinte mortelle.

— Piper ! appela-t-elle, le cœur battant à tout rompre.

Puis ce fut le soulagement. Sa sœur était là-bas, en train de parler avec Jenny. Quant au seul homme dans les parages, aucun danger de le trouver séduisant : c'était Raphaël, le charmeur de serpents.

La façon dont Jenny regardait partout autour d'elle fit comprendre à Phoebe que Raphaël lui demandait où elle se trouvait. Et pas question de songer à se cacher, cette fois. Elle devait avant tout faire sortir Piper d'ici, embarquer Prue avec elles et ordonner d'urgence une assemblée générale des Halliwell.

*J'espère au moins que Piper appréciera que je*

*me jette dans la gueule du loup pour elle*, songea Phoebe en se dirigeant vers le répugnant géant.

— Ah, jolie dame, s'exclama-t-il en la voyant débouler, je vous cherchais partout !

— Eh bien, vous m'avez trouvée. Mais, désolée, maintenant, je dois disparaître. Piper, tu viens ?

— Déjà ? s'étonna-t-elle en étouffant un rire. Tu n'avais pas dit que tu voulais faire la connaissance des artistes ? Raphaël, ce n'est pas ton type ?

— Arrête, Piper, c'est sérieux. Il faut trouver Prue au plus vite et partir d'ici.

Et Jenny qui restait plantée là. Comment éviter de l'alarmer ? Si au moins leurs pouvoirs incluaient la télépathie !

— Je ne veux pas m'en aller, se plaignit celle-ci. Je veux voir les artistes, moi aussi. Piper, tu m'avais promis qu'après le spectacle on pourrait essayer tous les jeux des stands.

— Ah, non, je ne t'ai rien prom…

— Une autre fois, Jenny, coupa Phoebe. Piper, il y a une petite chose dont je dois absolument te parler.

— Quelle petite chose ?

— Une petite chose que j'ai *vue* et que j'ai trouvée… très intéressante.

Piper découvrit soudain l'expression inquiète qui assombrissait le regard de sa sœur.

— Oh, c'est vrai ! dit-elle en se frappant le front. La petite chose…

— Quelle petite chose ? demanda Jenny.

Phoebe se mit à réfléchir à toute vitesse. Que pouvait-elle inventer qu'une gamine de douze ans trouve assez ennuyeux pour ne pas avoir envie de les suivre ?

— Il y a une super-promotion sur une nouvelle marque de pneus, lança-t-elle alors. Je crois qu'on devrait aller y jeter un œil avant que le magasin ne soit dévalisé.

Jenny parut déçue.

— Vous voulez partir comme ça ? Sans avoir vu les artistes ? Dommage…

— Il faut vraiment qu'on y aille, Jenny. Où est Prue ?

— Je ne sais pas, répondit Piper. Elle a dit qu'elle avait un costumier à voir. Peut-être qu'elle est en train de préparer une séance de photos dans la caravane des habilleurs.

— Ah, la voilà ! dit Jenny.

Phoebe se retourna et aperçut sa sœur qui parlait à une femme tenant dans les bras une pile de vêtements. Elle avait l'air inquiète. Qu'est-ce qui pouvait la tracasser ?

Lorsque son interlocuteur disparut pour se mêler

à la foule, Prue regarda autour d'elle. Phoebe lui fit signe de loin et elle courut les rejoindre.

— Qu'est-ce qui se passe ? interrogea-t-elle, essoufflée.

— Elles doivent aller acheter des pneus, lui dit Jenny sur un ton geignard.

— Quoi… ?

— Tu me connais, reprit Phoebe. Quand je *vois* quelque chose, ça n'attend pas, il faut que j'agisse immédiatement. Alors, on file d'ici.

Prue parut saisir le message, mais Kristin choisit cet instant pour faire irruption parmi elles.

— Tu es prête ? lui demanda-t-elle.

— Euh… pas vraiment. Il est arrivé quelque chose. Une sorte d'urgence.

— Une sorte d'urgence ? répéta la journaliste, intriguée. Bon… alors vas-y, fais ce que tu as à faire.

Phoebe fut impressionnée. Elle prenait bien la chose. Presque trop bien, à dire vrai.

— Merci, Kristin, articula Prue. Je te promets de travailler la journée entière, demain.

— C'est ça, je t'attends à la première heure. Et, crois-moi, tu n'auras pas le temps de te reposer. Bye-bye !

— Ces pneus, c'est vraiment une urgence ? demanda Jenny dès que Kristin eut tourné les talons.

— Si on crève, oui, répliqua Phoebe. Allez, on y va.

Une fois sur le parking, elles grimpèrent dans leur voiture, emmenant Jenny avec elles. Mais là, de nouveau, il fallut trouver quelque chose pour distraire la petite et éviter de l'alarmer.

— Alors, qu'est-ce que tu as pensé du cirque ? lui demanda Phoebe tandis que Prue démarrait. Tu vois que ce n'était pas que pour les bébés, finalement ?

— C'est vrai. Et je vais bien remercier oncle Dan pour avoir eu cette bonne idée. Mais c'était plus amusant d'être avec vous, en fait.

Souriant pour elle-même, Phoebe poursuivit :

— Qu'est-ce que tu as préféré ?

— Tout.

— Même Raphaël, le charmeur de serpents ? plaisanta Piper.

Jenny fit la grimace puis éclata de rire.

— D'accord, pas tout. Et puis, c'est l'ami de Phoebe, pas le mien.

— Ha, ha, très drôle !

— En fait, continua Jenny, je crois que mon préféré, c'était Ivan le Violoneux.

— C'est vrai que son numéro était tout à fait particulier, lui accorda Phoebe.

— Vous avez pu l'interviewer, toi et Kristin ? interrogea Piper.

— Oui.

Au sourire qu'elle parvint mal à réprimer, Phoebe devina que le Tzigane avait fait une très forte impression sur sa grande sœur.

— Et… alors ?

— Il est… très intéressant.

— Allez, raconte, insista Phoebe. Je ne t'ai pas vue rougir comme ça depuis des siècles !

— On ne peut rien te cacher, à toi. Oui, c'est vrai que j'ai bien aimé parler avec lui. Il a un charme incroyable.

— Et alors, intervint Piper, à quoi ça ressemble, son charme ? On n'a rien vu, de là où on était. Il est vraiment si beau que ça ?

— « Beau » n'est pas le mot, répondit Prue. Mais il est intelligent, racé et passionnant à beaucoup de niveaux.

— C'est vraiment un Bohémien ? demanda Phoebe.

— Oui, bien sûr.

— Et il connaît la magie des Bohémiens ? interrogea Jenny. Il peut prédire l'avenir ?

— Non, il ne croit pas à toutes ces histoires. Mais il m'a raconté beaucoup de légendes tziganes.

— Oh, cool ! Lesquelles ?

Phoebe commença un peu à se détendre. L'esprit de Jenny était occupé et, tant qu'elles se trouvaient en voiture, Piper n'avait rien à craindre. Cependant, elle avait hâte d'arriver chez elles pour discuter ensemble de l'affreuse prémonition qu'elle avait eue un peu plus tôt.

— Il y a par exemple, expliqua Prue, une légende à propos d'un bijou magique qu'on appelle le Rubis Romani. Il donnerait au Bohémien qui le possède un triple pouvoir. On raconte que cette pierre serait repartie dans l'espace astral afin de régénérer ses pouvoirs, affaiblis après la mort de son dernier propriétaire. Ivan dit que certaines tribus tziganes ne cessent de se battre entre elles, car chacune prétend s'approprier ce joyau.

— Waouh, c'est sérieux !

— Pourtant, Ivan ne croit pas à son existence, ajouta Prue. Et c'est à cause de ces luttes permanentes entre tribus que ses parents ont fini par tourner le dos aux traditions tziganes.

— Tout ça, c'est tellement romantique, soupira Jenny. Et sa musique est si jolie…

Agacée par le trafic qui les empêchait d'avancer, Phoebe recommençait à s'inquiéter. Quand arriveraient-elles à la maison ?

— On raconte même des histoires à propos de son violon, continua Prue. Cet instrument est transmis de père en fils depuis des générations, et la légende prétend que c'est lui qui choisit son propriétaire.

— Comment est-ce qu'un violon peut faire ça ? s'étonna Jenny.

— Quand arrive le temps où il doit être remis à la génération suivante, chaque enfant a le droit d'y jouer une fois. Et c'est le violon, par son chant, qui choisit celui à qui il appartiendra.

— C'est joli, admit Phoebe en oubliant un peu son anxiété.

— Et ça s'explique, en fait. C'est l'enfant qui a le plus de dons musicaux qui se voit remettre l'instrument.

— Ah, nous y voilà enfin, lâcha Phoebe alors que Prue ralentissait pour garer la voiture dans l'allée.

Elle descendit en vitesse et lança :

— Vite, les filles, sinon cette promo va nous passer sous le nez !

— Merci de m'avoir raccompagnée, leur dit Jenny en sautant du véhicule. À demain, et amusez-vous bien avec vos pneus !

Dès qu'elle se fut éloignée, Piper demanda :

— Alors, Phoebe, tu vas me dire ce que tu as vu ?

Arrivée devant chez elle, Jenny leur fit un dernier signe et entra dans sa maison.

— Tu as eu une vision, c'est ça ? ajouta Prue en ouvrant la porte d'entrée.

— Exactement.

Elle se rua au salon, s'affala sur le divan et lâcha :

— J'ai vu Piper se faire étrangler !

— Rien que ça ? fit l'intéressée en se laissant tomber dans un fauteuil. Et je peux savoir par qui ?

— Connais pas. Jamais vu.

— Un démon ? suggéra Prue. Un sorcier ?

— Non, il avait l'air humain. Saisi d'une furie démoniaque, peut-être, mais c'était bien un homme.

— Ce qui veut dire : méfie-toi des hommes, en conclut Piper. En fait, ça me simplifierait la vie.

— Méfie-toi des hommes *beaux*, précisa Phoebe.

Piper s'affola soudain.

— Ce n'était pas Ivan, ni Dan, j'espère ?

— Non, rassure-toi. Je t'ai dit, je ne l'ai pas reconnu.

— Alors c'est un troll, souffla-t-elle. Je préfère ça.

— C'est quand même sérieux ! lui dit Phoebe. Je ne sais ni quand ni où ça va se passer. Ni pourquoi, d'ailleurs.

— Prue, lança soudain Piper, tu m'as l'air bien silencieuse.

— Je me demandais…

Elle se leva et alla vers la fenêtre. Piper et Phoebe échangèrent un regard étonné.

— Oui ? Et alors ?

— J'ai vu quelqu'un… un être étrange près de la roulotte d'Ivan, juste avant le spectacle.

— Un charmant étrangleur ?

— Pas charmant du tout, au contraire. J'ai d'abord cru qu'il était grimé et costumé, mais quand j'en ai parlé aux autres, personne n'a semblé savoir de qui il s'agissait.

Elle le décrivit alors, et Phoebe commenta :

— Rien à voir avec l'homme de ma vision.

— La tenue qu'il portait, fit remarquer Piper, c'est le costume tzigane traditionnel. J'ai vu des photos d'hommes habillés comme ça, dans la roulotte d'Olga, la voyante. Mais pourtant, aucun n'avait l'allure squelettique de celui que tu nous décris.

— Tu as rencontré Olga ? s'étonna Prue.

— Oui, Jenny avait envie de se faire prédire l'avenir. C'est après ça qu'Olga a prétendu que j'étais en danger dans ce cirque. Sur le moment, je n'ai pas cru qu'elle avait des dons de voyance, mais peut-être que je me trompais. Tu crois que le personnage bizarre que tu as vu près de la roulotte d'Ivan a un rapport avec la vision de Phoebe ?

— Je ne sais pas, répondit Prue. Quand j'ai vu Olga, elle essayait de se protéger du mauvais œil… dont elle croyait Ivan victime ! Peut-être que cet étrange Tzigane a un rapport avec ça.

— Bon, les filles, intervint Phoebe en se levant, je crois qu'il est temps de consulter le *Livre des Ombres*. Peut-être qu'on trouvera quelque chose sur les Bohémiens en état de délabrement avancé, on ne sait jamais !

— Allez-y, leur dit Prue. Pendant ce temps, je descends à la cave développer mes clichés. Autant arriver demain avec quelques bonnes photos à montrer à Kristin.

La laissant descendre seule au sous-sol où elle avait installé une chambre noire, les deux filles montèrent au grenier où elles gardaient leur livre de magie. Le précieux volume contenait tous les sortilèges inscrits par des générations de sorcières Halliwell, et Phoebe était certaine d'y trouver au moins quelques-unes des réponses à leurs questions.

Au bout d'une heure, comme leurs recherches restaient vaines, elle s'étira et suggéra d'aller grignoter quelque chose pour se changer les idées. De retour au rez-de-chaussée, les deux sœurs rejoignirent Prue à la cave.

— Prue, ça va ? lança Phoebe. On peut descendre ?

— Oui, venez, j'ai presque fini.

Dès que ses yeux se furent habitués à la faible lueur de la lampe rouge, Piper soupira :

— J'espère que ça se passe mieux pour tes

photos que pour nos recherches. On n'a rien trouvé d'intéressant.

— Et tes tirages ? demanda Phoebe. On peut voir ce que ça donne ?

— Il me reste un film à tirer. Il est dans le révélateur, il y en a pour une seconde. Voilà…

— Ah, laisse-moi voir, dit Piper, curieuse. Pas mal, pas mal du tout. Regarde, Phoebe.

Elle jeta un coup d'œil à son tour sur le rouleau que Prue venait de mettre à sécher lorsqu'elle sursauta violemment.

— Qu'est-ce qu'il y a ? lui demanda Prue.

— Ce… ce gars sur la photo, là… articula-t-elle d'une voix tremblante. C'est… c'est celui qui étranglait Piper dans ma vision !

# CHAPITRE 7

— Que… qu'est-ce que tu racontes ? s'écria Prue.

— Je reconnaîtrais ce visage n'importe où, répondit Phoebe. Ce sont ses mains que j'ai vues autour de la gorge de Piper.

— Tu en es sûre ? demanda celle-ci.

— Tu dois te tromper, riposta Prue avec véhémence. Ivan est incapable de faire du mal à une mouche. Je l'ai vu avec ses animaux…

— Peut-être qu'il est différent avec les hommes, commenta Phoebe.

— Ou avec les sorcières, ajouta Piper.

— Non, insista Prue. Vous ne le connaissez pas. Je ne sais pas comment l'expliquer, mais c'est la personne la plus douce que j'aie jamais rencontrée.

— Les démons et les sorciers savent prendre toutes sortes d'apparences, lui rappela Phoebe.

Pensive, Prue se mordit les lèvres. Elle savait que sa sœur disait la vérité, mais elle avait du mal à faire le lien entre l'Ivan avec qui elle avait passé l'après-midi et celui qui était apparu à Phoebe.

— Ne nous livrons pas à des conclusions hâtives, déclara Piper. Tu dis que le bruit court qu'Ivan serait victime d'un sortilège, c'est ça ?

— Oui…

— Eh bien, peut-être que c'est vrai. Peut-être que ce sortilège va bientôt le pousser malgré lui à s'attaquer à moi.

— Ou peut-être qu'il fait lui-même courir ce bruit, continua Phoebe. Ce qui lui servirait d'alibi pour toutes les mauvaises actions qu'il pourrait commettre.

Prue sentait d'instinct qu'il n'y avait aucune cruauté chez Ivan, mais son expérience de sorcière lui disait que ses sentiments pouvaient parfois être manipulés par quelque entité surnaturelle, ou qu'une personne pouvait masquer sa véritable nature.

— Et ce sinistre Tzigane que tu as aperçu près de la roulotte d'Ivan ? demanda Phoebe. Tu crois qu'il aurait quelque chose à voir avec ça ?

— J'en suis certaine. Mais quoi ?

— Peut-être que ça fait partie du sortilège jeté sur Ivan, suggéra Piper. Il est peut-être à lui seul la manifestation d'un démon ou d'un esprit du mal.

— Ou alors, ce type, c'est tout bêtement Ivan lui-même, ajouta Phoebe d'une voix sombre. Il traînait autour de sa roulotte…

— C'est impossible ! s'écria Prue.

— Qu'est-ce que tu en sais ? reprit-elle.

Prue sentit son cœur se déchirer. Phoebe avait raison. Elle ne pouvait pas se permettre de laisser son attirance pour ce Bohémien embrumer son jugement. Cela risquait de les mettre toutes les trois en danger.

Et peut-être Ivan lui-même, songea-t-elle. Peut-être qu'il y avait vraiment un sort, et, dans ce cas, c'était à elles, les sorcières Halliwell, de le conjurer.

— Alors, Ivan serait l'innocent qu'on est censées protéger ? demanda-t-elle. Protéger de lui-même, en l'empêchant de commettre ces actes terribles ?

— Je crois que ma vision serait davantage un avertissement pour Piper, dit Phoebe.

— Je crois surtout qu'on manque de données, déclara Prue qui sentait une insurmontable migraine la gagner. Il faut qu'on sache qui était ce sinistre personnage. Et puis, qu'on se renseigne un peu plus sur Ivan ; savoir pourquoi il voudrait s'en prendre à Piper.

— On ne connaît peut-être pas les raisons de cette agression éventuelle, reprit Phoebe, mais on sait qui est la victime potentielle. On peut déjà tenir Piper éloignée de ce cirque.

— Phoebe a raison, observa Prue. Plus de cirque pour toi, Piper.

— Ça ne marchera pas pour deux raisons, soupira-t-elle. Premièrement, si Ivan est un démon secret, il nous faut le Pouvoir des Trois pour l'anéantir. Deuxièmement, Jenny m'a suppliée de l'emmener de nouveau là-bas, tant qu'elle est encore en ville.

— Attends, fit Prue, c'est parce que tu culpabilisais d'avoir rompu avec Dan que tu lui as promis de l'emmener une nouvelle fois au cirque ?

— Tu dis n'importe quoi, s'indigna Piper. Et puis, personne ne sait où Ivan est censé m'attaquer. Ça peut très bien ne pas se passer dans ce cirque, après tout. D'autre part, j'ai fait une promesse à Jenny…

— Piper, coupa Prue.

— Prue, lâcha Piper en singeant son ton sévère. Je ne suis pas d'accord, c'est tout. Jenny a été très déçue d'apprendre que j'avais rompu avec Dan, je ne vais pas en plus manquer à ma parole envers elle.

Prue connaissait trop sa sœur pour savoir qu'il

était inutile de tenter de lui faire changer d'avis. Pour Piper, une promesse était parole d'or.

— Je vais éviter Ivan au maximum, leur assura-t-elle.

— Et on va tout faire pour le tenir éloigné de toi, ajouta Phoebe.

— Je me charge d'Ivan, dit Prue.

— Tu es sûre que c'est une bonne idée ? Tu m'as l'air un peu… disons, partiale à ce sujet.

— Il peut finir par me faire des confidences, fit-elle remarquer.

— Oui, ou se jeter sur toi pour te dévorer toute crue, maugréa Phoebe.

— Dis donc, c'est toi qui as tenu à aller là-bas, n'oublie pas. Je te promets que je ferai attention. Mince, ce n'est pas juste ! Au moment où je commençais à aimer le cirque…

*
* *

Le lendemain, comme promis, les trois sœurs accompagnèrent Jenny au cirque. La première interview officielle de Prue n'ayant lieu que dans l'après-midi, elle avait quelques heures devant elle. Et, avec sa carte de presse, elle allait en profiter pour visiter les lieux… de façon un peu plus approfondie.

Pendant ce temps, Piper irait se renseigner sur

les autres artistes, et Phoebe essaierait d'avoir une autre vision.

— Vous avez pu acheter vos pneus, finalement ? interrogea Jenny alors qu'elles étaient en chemin vers le cirque.

— Des pneus ? répéta Prue sans comprendre.

À ses côtés, elle sentit le regard appuyé de Phoebe qui enchaîna :

— Oui, d'excellents pneus.

— Des pneus super, renchérit Piper.

— Ah bon, alors on peut rester là-bas tout le temps qu'on veut, hein ?

*Oui, tout le temps qu'on veut...* pensa Prue en garant la voiture sur le parking du cirque.

Quelques minutes plus tard, le cœur battant, elle frappait à la porte de la roulotte d'Ivan. Pas de réponse. Elle insista, mais sans plus de succès. Tant pis, elle allait en profiter pour... faire un peu d'investigation personnelle.

Mais il lui fallait pour cela utiliser ses pouvoirs de sorcière. Après un rapide regard autour d'elle, Prue concentra son énergie sur la serrure, claqua des doigts et... ouvrit la porte.

Subrepticement, elle pénétra dans la roulotte d'Ivan.

L'endroit était bourré de costumes, de souvenirs glanés çà et là, de photos. Malgré cette accumulation d'objets divers, la caravane était nette et propre.

Mais par où commencer les recherches ? Sur une table, elle saisit un cadre entourant un portrait de famille. Un couple aux cheveux d'ébène souriait devant l'objectif tandis qu'un gamin à la chevelure en broussaille se tenait devant eux, un violon à la main. Il semblait rayonnant de joie et de fierté, une expression que Prue avait déjà vue chez Ivan lorsqu'il parlait de ses parents.

Alors qu'elle reposait la photo, une image fixée à la porte d'une petite armoire attira son attention. Elle avait sans doute été arrachée d'un livre. La légende disait : *Bohémiens en costume traditionnel.* À côté, étaient dessinés des modèles de costumes, auxquels on avait épinglé quelques échantillons d'étoffe.

— Piper avait raison, murmura la jeune femme. Ces habits ressemblent à ceux que portait ce Tzigane zombie…

Elle poursuivit ses recherches, en remettant soigneusement en place tout ce qu'elle prenait dans les mains. Rien, jusque-là, n'indiquait qu'Ivan était un démon.

*Si Phoebe était là*, songea Prue, *elle pourrait peut-être faire naître une vision basée sur tous ces objets. Moi, je ne vois rien.*

Elle s'accroupit alors devant un coffre qu'elle

ouvrit grâce à ses pouvoirs. Rien de nouveau. Que des costumes. Encore des costumes.

Elle se redressa alors et balaya une dernière fois la pièce du regard. Et soudain, elle tressaillit : sous ses yeux médusés, une vague d'énergie troublait l'air tout autour du coffre.

— Qu'est-ce que… ?

Le violon d'Ivan venait de se matérialiser devant elle.

# CHAPITRE 8

Pétrifiée, Prue fixait le violon. Il y avait décidément de la magie dans l'air. Mais que signifiait cette soudaine apparition de l'instrument ?

Elle s'approcha du coffre. Le violon lui-même était-il magique, ou quelqu'un usait-il de ses pouvoirs sur lui ?

Mais sans lui laisser le temps d'aller plus loin dans ses recherches, la porte s'ouvrit derrière Prue. Saisie d'une furieuse envie de disparaître sous terre, elle ferma les yeux puis se retourna... pour faire face à Ivan. L'expression de confusion qu'elle lut alors sur son beau visage lui retourna le cœur.

— Prue ! Co... comment êtes-vous entrée ? Je croyais avoir fermé la porte.

— Elle s'est ouverte, expliqua-t-elle.

Ce qui, dans un sens, était vrai.

Le violoniste se passa une main dans les cheveux.

— Il faut vraiment que je sois plus prudent. Quelqu'un m'a dérobé mon violon. S'il a pu entrer, c'est sans doute à cause de ma négligence.

— On vous a dérobé votre violon ?

— Oui, c'est pour cela que j'étais sorti. Je voulais tenter de retrouver celui qui me l'avait volé.

L'air anéanti, il se laissa tomber sur une chaise.

— J'ai d'abord espéré que ce ne soit qu'un gamin curieux, ou qu'il s'agisse d'une farce. Je n'osais pas croire que ce puisse être quelqu'un du cirque.

— Il est là, lui dit Prue en indiquant le coffre.

Ivan bondit sur ses pieds, découvrit le violon, le prit entre ses bras puis éclata de rire avant de demander :

— Mais d'où viens-tu, toi ?

— Vous vous attendez à ce qu'il vous réponde ?

— Non, bien sûr, répliqua-t-il en rougissant. Je… je me sens très lié à lui, c'est tout.

— Ce qui vient d'arriver n'est quand même pas banal, avouez-le, commenta Prue en riant à son tour. D'après vous, qu'est-ce qui s'est passé ?

— Peut-être que je ne l'ai jamais perdu, en fait. Je suis très distrait, en ce moment. Je l'aurais laissé quelque part, en oubliant ensuite où je l'avais mis. La fatigue, sans doute... J'ai tellement de choses en tête.

— À propos de ce violon ?

— Je l'ai déjà égaré à plusieurs reprises depuis le début de la tournée, avoua-t-il. Ça ne me ressemble pas du tout.

— Mais qu'est-ce qui vous distrait tant ?

— Des problèmes personnels. Et aussi le mauvais sort qui semble s'acharner sur moi.

Il se mit à rire puis ajouta :

— Vous savez ce que m'a dit Olga, la voyante ? Elle est persuadée que c'est mon violon qui me porte la poisse. Elle prétend qu'il y a une malédiction autour de lui.

Prue demeura songeuse. Olga n'avait-elle pas déjà prédit un danger pour Piper ? Et, peu de temps après, la vision de Phoebe n'avait-elle pas confirmé sa prédiction ?

— Elle a peut-être raison, hasarda-t-elle.

— Ne me dites pas que vous croyez à ces stupidités, lâcha Ivan sur un ton railleur. C'est quand même un comble : c'est moi, le Bohémien, qui dit à un *gaujo* de ne pas être superstitieux !

*Un comble, oui. Si tu savais qui j'étais...* songea-t-elle, amusée.

Ivan saisit alors le violon et se mit à jouer une douce mélodie. Prue l'écouta en admirant les doigts de l'artiste qui dansaient sur l'instrument.

C'est alors qu'elle découvrit sur l'archet de très fines gravures. Comment ne les avait-elle pas remarquées plus tôt ? Puis, quand il eut fini de jouer et qu'il s'amusa à lui faire la révérence, la jeune femme distingua aussi des symboles gravés sur le dos du violon. Des symboles diaboliques ?

— Pourquoi Olga inventerait-elle cette histoire de malédiction ? demanda-t-elle tout à trac.

— Probablement dans l'espoir que je vienne lui payer des fortunes pour qu'elle me débarrasse de ce sortilège, répondit-il avec un haussement d'épaules. C'est classique, toutes les *shuvani* essaient d'embobiner le premier naïf qui passe, afin de lui soutirer de l'argent de cette manière.

— Les *shuvani* ?

— C'est le terme tzigane pour décrire les sorcières ou les voyantes, expliqua-t-il.

— Et vous croyez qu'Olga essaierait de vous jouer ce genre de tour ? À vous, un Tzigane ?

— Jamais je ne lui avais adressé la parole avant ce jour. Et vous savez, beaucoup de gens du cirque prétendent avoir des ascendances bohémiennes. Cela ajoute au mystère. Il est donc tout à fait possible qu'Olga m'ait pris pour un *gaujo*, jusqu'à ce que je me mette à lui parler romani.

— Mais elle a insisté, ensuite, remarqua Prue. C'est donc qu'elle vous croyait sincèrement victime d'une malédiction.

Ivan se frotta longuement le visage, puis finit par répondre :

— Cet instrument a une valeur inimaginable : plusieurs centaines de milliers de dollars. Olga brûle d'envie de mettre la main dessus, c'est normal. Mais je me refuse à penser qu'un autre artiste ait pu…

— Ivan ? appela une voix féminine à la porte de la roulotte.

— Miranda… entre.

Elle eut une expression irritée en découvrant la présence de Prue, puis demanda :

— Qui est-ce ?

— Je m'appelle Prue Halliwell, annonça-t-elle. Je travaille pour le magazine *415*. Je suis photographe.

La nouvelle venue acquiesça d'un air glacial. Ses pommettes hautes et son nez aquilin lui donnaient une apparence hautaine. Quant à ses yeux émeraude, c'étaient des stalactites pointées sur Prue.

— Je vous présente Miranda Merrill, dit Ivan, notre équilibriste qui déambule sur une corde raide. Sa famille est connue dans l'Europe entière.

— Oh, c'est passionnant ! répliqua Prue dans l'espoir de réchauffer un peu l'atmosphère. Ne manquez pas de le dire à Kristin, la journaliste. Je sais qu'elle a l'intention de vous interviewer.

Tournant le dos à Prue, Miranda s'observa dans le miroir en pied.

— Je ne sais pas encore si j'accepterai, articula-t-elle en minaudant. Les étrangers au cirque ne devraient pas avoir accès à la vie privée des artistes. Ivan, tu perds ton temps avec elle. Elle n'a rien à savoir de ta vie. De notre vie.

C'en était trop. Prue décida d'intervenir.

— Si cela vous rassure, l'article ne pourra montrer de votre vie que ce que vous voudrez bien en révéler.

Miranda se retourna et, une nouvelle fois, plongea son regard émeraude dans celui de Prue.

— Je ne crois pas qu'on puisse vraiment faire confiance aux journalistes.

Selon Prue, l'acrobate ne faisait confiance à aucun de ceux qui approchaient Ivan, point barre. Elle se demanda un instant si Miranda incarnait ces fameuses « choses en tête » dont lui avait parlé le violoniste, un peu plus tôt.

— J'espère quand même qu'on se reverra, dit-elle afin de ne pas la braquer totalement. Au revoir, Ivan.

À peine descendue de la roulotte, Prue crut entendre des paroles de dispute entre les deux artistes. Sans parvenir à comprendre ce qu'ils se disaient, elle devina que le ton employé n'était pas spécialement aimable.

Mais, pour l'heure, il y avait plus urgent : essayer de voir de plus près les symboles gravés sur le dos du violon. Selon elle, ils étaient la clé du mystère qui entourait l'instrument.

— J'ai trouvé ! lâcha-t-elle soudain à voix haute.

Le téléobjectif de son appareil photo ! Pendant le spectacle, Prue photographierait le violon sous toutes les coutures, et les clichés obtenus lui révéleraient alors ce qu'elle brûlait de savoir !

*
* *

Dissimulée derrière un stand, Phoebe rampa jusqu'au coin et surveilla les alentours. Personne. Après avoir passé le plus clair de la matinée à jouer à cache-cache avec l'affreux Raphaël, elle n'attendait qu'une chose : aller voir l'endroit où Prue avait rencontré cette espèce de Bohémien mort-vivant.

Peut-être avait-il laissé tomber quelque chose qui lui servirait d'indice pour ses recherches ? Peut-être découvrirait-elle aussi un groupe de vagabonds vivant dans les parages, auquel il appartiendrait. Cette seconde éventualité réglerait donc le problème de ce zombie.

— Mais, c'est ma petite Phoebe ! résonna soudain une grosse voix derrière elle. Te voilà enfin, je te cherchais partout !

Raphaël ! Un instant figée d'effroi, Phoebe se ressaisit et s'enfuit en courant. Pour buter, quelques mètres plus loin, sur un jongleur déambulant sur des échasses. Déséquilibré, celui-ci s'écroula devant la jeune femme.

— Oh, je... je suis désolée, lui dit-elle en tentant désespérément de l'aider à se relever. Excusez-moi, mais... je dois filer d'ici.

Le plantant là avec ses échasses et ses quilles, elle reprit ses jambes à son cou. Raphaël, quant à lui, se rapprochait dangereusement.

— Phoebeeeee ! cria-t-il. Attends, ne cours pas si vite, je veux seulement t'embrasser !

Précisément ce qu'elle voulait à tout prix éviter ! Elle continua sa course en se frayant un chemin à travers les stands et le public qui s'y pressait, puis finit par déboucher sur une série de roulottes parquées à la lisière d'un petit bois.

Hors d'haleine, Phoebe s'arrêta et regarda autour d'elle. Pas de Raphaël en vue. Elle avait enfin le champ libre pour aller frapper à quelques portes et se renseigner sur le passé d'Ivan.

À cet instant, elle vit trois clowns sortir d'une caravane. Avec leur maquillage et leurs costumes absolument identiques, il lui fut impossible de savoir s'il s'agissait de Masha, de Sacha ou de

Kaboodle. C'est alors que l'un d'eux s'approcha d'elle.

— On peut savoir ce que vous faites ici, la petite dame ?

— Je... je cherchais des renseignements sur...

— Personne n'a le droit de pénétrer dans le quartier des clowns.

— Le quartier des clowns ? Mais...

La saisissant par le bras, il regarda ses deux compères, puis l'entraîna de force vers l'allée d'où elle était arrivée.

— Bon, d'accord... maugréa-t-elle en essayant de se dégager.

— Décampez d'ici et ne revenez plus !

— Pas de danger ! riposta-t-elle, furieuse. Parce que, pour des garçons qui sont censés faire rire les autres, je ne vous trouve pas très amusants !

Sans daigner répondre, les trois hommes disparurent derrière une des caravanes. Ouf, peut-être que Prue avait raison, finalement, en prétendant ne pas aimer le cirque.

*Et maintenant*, songea Phoebe, dépitée et vexée, *me voilà bien avancée !*

— S'il te plaît, s'il te plaît ! suppliait Jenny.

Piper poussa un soupir exaspéré. Leur petite voisine était particulièrement capricieuse aujourd'hui. Tout ce qu'elle voulait, c'était retrouver Ivan – ce qui n'était certainement pas l'idée de la jeune femme.

Et Jenny qui insistait à présent pour retourner dans le *vardo* d'Olga.

— J'ai quelque chose à lui demander, insista-t-elle. C'est super-important !

Piper avait deux raisons de vouloir éviter la vieille Bohémienne. Si vraiment Olga possédait le don de double vue, elle risquait de découvrir qu'elle était une sorcière. Elle pouvait aussi, grâce à sa magie, faire en sorte que les souhaits de Jenny soient exaucés : réunir les deux anciens amoureux, Dan et Piper !

Entre ces deux maux, il lui restait donc à choisir le moindre : une rencontre avec Ivan ou une visite chez la voyante ?

— Allons voir Olga, décida-t-elle en prenant Jenny par la main.

Au bout de quelques minutes, elles se retrouvèrent devant la roulotte aux couleurs chamarrées. Olga se tenait dehors, assise à sa table sous une toile tendue, en train de s'éventer avec des cartes de tarot. Elle haussa ses épais sourcils noirs en apercevant les deux filles.

— Manifestement, elle se souvient de nous, observa Piper. Ou au moins de moi.

— Bonjour ! lui lança Jenny.

— Bonjour, répondit Olga. Vous voulez de nouveau que je lise votre avenir dans les cartes ?

— Non, répliqua la gamine. C'est plus important que ça.

Plongeant la main dans son petit sac, elle en sortit une poignée de rubans chiffonnés.

— Je voudrais savoir comment on fait pour créer des liens d'amour magiques.

— Tu connais les secrets d'amour des Bohémiens ?

— On m'a raconté des histoires là-dessus, oui. Ça marche vraiment ?

— Je connais beaucoup d'unions encore très heureuses grâce à cette magie.

— Si au moins je pouvais avoir le Rubis Romani, reprit Jenny. Ça rendrait mon sortilège d'amour trois fois plus puissant.

Les cartes de tarot tombèrent de la main d'Olga.

— Comment sais-tu cela ? murmura-t-elle d'une voix blême.

— Le Rubis Romani, c'est un secret ? s'étonna-t-elle.

— Il n'est connu que des Bohémiens. Où as-tu appris de telles choses ?

Elle jeta à Piper un regard soupçonneux. Croyait-elle que la jeune femme avait découvert le secret des Tziganes grâce à ses pouvoirs de sorcière ?

— Ivan a juste raconté à ma sœur certaines traditions tziganes, expliqua Piper. Elle m'en a parlé, ensuite, mais nous savons que ce ne sont que des légendes. J'ai bien dit à Jenny qu'il ne fallait pas croire à ces bêtises.

— C'est pas vrai, tu ne m'as rien dit ! s'indigna Jenny.

— Qui est votre sœur ? demanda Olga. Fait-elle partie de la *Cavalcade* ?

— Oh, non. Prue est photographe. Elle prépare un reportage sur le cirque. On ne fait que l'accompagner.

Mais, au fait, Phoebe avait-elle fini par découvrir quelque chose ?

— On doit partir, maintenant, dit soudain Piper. Phoebe doit être en train de nous chercher, en ce moment.

— Je croyais qu'elle s'appelait Prue, s'étonna la vieille femme.

— Prue, c'est mon autre sœur.

— Elles sont trois, lui expliqua Jenny. C'est de la chance, non ?

Piper devina quelque chose de faux dans le sourire d'Olga. Était-ce uniquement la contrariété d'avoir appris qu'Ivan avait révélé des secrets tziganes à des étrangers ?

— Le chiffre trois porte toujours chance, répondit-elle à Jenny.

Puis, se tournant vers Piper, la voyante demanda de sa voix rocailleuse :

— Pourquoi ne tenez-vous pas compte de mes avertissements, jeune dame ? Ne vous ai-je pas dit qu'il était dangereux pour vous de traîner par ici ? Restez loin d'Ivan. Il a le mauvais œil. Il ne peut que faire du mal à ceux qui l'approchent.

# CHAPITRE 9

— Il faut prévenir Prue ! s'inquiéta Jenny avant de se tourner vers Olga. La sœur de Piper craque complètement pour Ivan !

— Prue est capable de se débrouiller toute seule, rétorqua sèchement Piper.

Puis elle pensa subitement : et si Ivan cherchait à l'étrangler parce qu'elle voulait arracher sa sœur à ses griffes ? Décidément, personne n'était en sécurité, dans ce cirque.

Il fallait interroger Olga. Si elle était une vraie *shuvani*, ses pouvoirs pourraient certainement les aider à vaincre Ivan. D'un autre côté, la Bohémienne paraissait craindre le beau violoniste. Elle ne voudrait peut-être pas se lancer dans ce combat. Et dans ce cas, Piper se serait découverte pour rien.

De toute façon, il était impossible de sonder la vieille femme devant Jenny. Elle jugea donc plus sage de s'en aller.

— Et le charme d'amour ? se plaignit la petite. Olga n'a rien fait.

— On verra plus tard, Jenny. Ça peut attendre, tu sais.

— Qu'est-ce qu'on va faire, maintenant ?

— Essayer de retrouver Phoebe avant le spectacle.

Alors qu'en chemin vers le cirque elles s'arrêtaient quasiment à chaque stand pour s'acheter pommes d'amour ou autres guimauves fluo, Piper eut de nouveau l'impression désagréable qu'on les observait. Était-ce son imagination qui lui jouait des tours ? Difficile à dire mais, avec le temps, elle avait appris à se fier à son radar à démon !

— Mademoiselle ! appela une voix derrière elles.

Piper fit volte-face pour tomber nez à nez avec… Raphaël. Par chance, il n'avait pas ses serpents avec lui. Et – incroyable ! – son haleine insupportable et sa perpétuelle odeur de transpiration avaient disparu.

— J'essayais de vous situer, vous et votre jeune amie, lui dit-il. Et puis, je me suis rappelé : c'est vous qui étiez avec ma petite Phoebe, hier !

Était-ce Raphaël qui les suivait depuis le début ? Quel soulagement ce serait, puisque ce n'était pas elle qu'il cherchait à conquérir. Ses intentions envers Phoebe n'étaient certes pas angéliques, mais on ne pouvait pas non plus les qualifier de démoniaques.

— C'est vrai, répondit-elle. C'est ma sœur.

— J'aurais dû m'en douter. Vous êtes aussi belle.

— Merci…

— Mais on dirait qu'elle m'a encore glissé entre les mains, observa-t-il avec tristesse.

*Tu m'étonnes…* songea-t-elle, à demi amusée.

— Nous aussi, on la cherche, lui dit Jenny. Mais il n'y a pas moyen de la trouver.

— On lui dira que vous la cherchez dès qu'on la verra, lui promit Piper. Maintenant, il faut vraiment qu'on y aille.

— Alors, au revoir, les petites demoiselles. Souhaitez-moi bonne chance, quand même.

— Oui, bonne chance, Raphaël ! lui lança Jenny.

Dès qu'il se fut éloigné, Phoebe surgit de derrière une baraque.

— Ah, vous voilà ! Je vous ai vues parler à Raphaël. Il me cherchait, évidemment ?

— Oui, mais il est parti voir ailleurs si tu y étais.

— Tant mieux. Dis, Jenny, tu ne voudrais pas aller me chercher un paquet de pop-corn au caramel ? Je meurs de faim.

— Oh, oui. Je peux en avoir un, aussi ?

— Bien sûr. Tiens, voilà de l'argent. Je te l'offre.

— Oh, chouette, merci ! J'y vais.

Dès que Jenny fut hors de vue, Phoebe murmura à Piper :

— Ce que j'ai à te dire, je ne voulais pas qu'elle l'entende.

— Tu as trouvé quelque chose ?

— Pas exactement. Mais je crois avoir trouvé le moyen d'obtenir des renseignements. Rejoins-moi près de la roulotte d'Ivan, à huit heures moins le quart. Et fais attention à ne pas te faire repérer, surtout.

— Mais qu'est-ce que je fais de Jenny ? Elle est sous ma responsabilité.

— Je ne sais pas, trouve quelque chose.

Puis, tournant la tête, Phoebe fit la grimace.

— Oh, non ! Raphaël en vue, à dix heures, derrière toi. Il faut que j'y aille. Et n'oublie pas : débarrasse-toi de Jenny et sois à notre rendez-vous !

Piper regarda sa sœur partir en courant et rejoindre Jenny qui attendait son tour pour se faire servir. De loin, elle vit sa protégée acheter les cornets de pop-corn au caramel et en tendre un à Phoebe. Puis celle-ci, après un petit signe, s'éloigna sans attendre.

— C'était Phoebe ? interrogea soudain Raphaël en arrivant, tout essoufflé, à sa hauteur. C'est incroyable, on dirait que la malédiction qui touche

Ivan est en train de déteindre sur moi. Je n'ai pas de chance avec les femmes.

— La malédiction dont il est victime, elle concerne les femmes ? demanda Piper.

— Quoi… ? Oh, non. Il a juste la poisse, en ce moment. Mais, à la vérité, il faut bien reconnaître qu'il n'a pas beaucoup de chance en amour, non plus. En fait, je crois que c'est son amie qui lui porte malheur.

Sans laisser à Piper le temps de poser d'autres questions à Raphaël, Jenny réapparut. Gentiment, elle leur proposa des pop-corn mais tous deux refusèrent.

— Alors, on peut entrer dans le cirque, maintenant ?

— Oui. On est un peu en avance, mais il y a toujours un numéro de clowns avant le début du spectacle.

Elles saluèrent Raphaël et pénétrèrent sous la tente. Tout en se dirigeant vers leurs places, Piper se demanda comment elle allait pouvoir se débarrasser de Jenny et, surtout, ce que pouvait bien mijoter sa sœur.

De nouveau, Phoebe regarda sa montre. Pourvu qu'Ivan soit aussi ponctuel que ce que l'on prétendait.

Alors qu'elle se cachait de Raphaël, la jeune femme avait réussi à parler à quelques artistes des caravanes voisines. Chacun lui avait assuré qu'Ivan quittait sa roulotte pour le spectacle de la soirée à huit heures moins dix, pile. Pas une minute plus tôt. Pas une minute plus tard.

— C'est une vraie horloge, avait affirmé Giorgio, l'acrobate.

Pourtant, Phoebe en arrivait à se demander si elle ne commettait pas là l'erreur de sa vie. N'était-elle pas en train de jeter Piper dans la gueule du loup ? Ne s'apprêtait-elle pas tout bonnement à réaliser l'affreuse vision qu'elle avait eue ?

*Impossible*, se dit-elle. *Ivan va se retrouver sagement en scène. Et, au pire, Piper a le pouvoir de le figer sur place. Évidemment, s'il refuse de se figer, ça peut mettre ma sœur en danger mais ça prouvera aussi qu'Ivan n'est pas humain.*

Soudain, elle distingua une silhouette qui se faufilait dans sa direction, le long des buissons. C'était Piper ! Phoebe bondit, lui fit un signe, et toutes deux se retrouvèrent bientôt à l'abri, derrière une caravane.

— Tu n'as pas eu trop de mal à te débarrasser de Jenny ?

— Non, elle était très occupée avec les clowns. Alors, j'ai prétendu devoir faire un tour aux toilettes, et je lui ai fait jurer de ne pas bouger de là jusqu'à mon retour. Mais, je ne suis pas tranquille, tout de même. Ça va prendre combien de temps ton histoire ?

— Je ne sais pas. Ça dépend d'Ivan.

— D'Ivan ?

— Oui, ne fais pas cette tête, je t'explique. Dès qu'il sort de sa roulotte, tu le figes juste le temps pour moi de me glisser à l'intérieur. Une fois que je suis dedans, tu le libères, il ferme sa porte sans se rendre compte de rien et il s'en va tranquillement.

— Et qu'est-ce que ça donnera de plus ? Prue a déjà visité les lieux, sans résultat.

— J'espère qu'en prenant dans la main un objet appartenant à Ivan, je pourrai faire naître une vision. Une vision qui me parlera un peu plus, et qui me renseignera un petit peu sur ce qui se passe avec lui.

— Ça se défend, commenta Piper.

— Mais toi, tu dois me promettre de ne pas traîner autour d'Ivan. Il n'est pas question que ma vision se réalise, si tu vois ce que je veux dire.

— Je vois très bien, Phoebe. C'est parfaitement clair…

— Chut, le voilà, souffla-t-elle.

Piper sortit alors de sa cachette, s'avança vers le violoniste qui lui tournait le dos en s'apprêtant à fermer sa porte, et le figea net.

— On sait au moins qu'il est humain, commenta-t-elle. C'est déjà ça.

— Oui, mais tu ne m'as pas laissé beaucoup de place pour entrer, se plaignit Phoebe.

— Pas de problème, tu es tellement mince. Allez, fais vite, maintenant, il faut que j'aille retrouver Jenny.

— Souhaite-moi bonne chance, tout de même.

— Oui, c'est ça, bonne chance ! Mais dépêche-toi, sinon il va finir par dégeler tout seul.

Phoebe se glissa à l'intérieur de la roulotte, jeta un coup d'œil discret par la fenêtre et aperçut Ivan, subitement revenu à la vie, qui refermait la porte derrière lui.

Après s'être réfugiée dans la douche, elle se dissimula derrière le rideau et compta jusqu'à cent avant d'en sortir, histoire de s'assurer que le violoniste ne reviendrait pas la déranger en plein travail.

Cependant, à peine était-elle arrivée à soixante-dix qu'elle se figea, aussi brutalement que Piper avait figé Ivan.

De la porte d'entrée lui parvenait le bruit parfaitement reconnaissable d'une clé que l'on tournait dans la serrure !

## CHAPITRE 10

Qu'est-ce qui se passait ? Pourquoi Ivan retournait-il dans sa roulotte ?

Par chance, Phoebe put garder sa cachette derrière le rideau de douche. *Esprits du Bien et du Mal, je vous en supplie, faites qu'il n'entre pas dans la salle de bains*... À toute vitesse, elle chercha une excuse, au cas où Ivan la surprendrait. Ne trouvant rien d'intelligent à lui raconter, elle croisa les doigts et attendit.

L'estomac en vrille, Phoebe devina qu'il s'approchait. Mais jusqu'où ? Non, pas dans la salle de bains ! La boîte à pharmacie s'ouvrit, il y eut quelques petits bruits, un robinet se mit à couler et... l'intrus commença à se laver les dents !

Le souffle court, Phoebe s'efforçait de respirer le plus silencieusement possible. Enfin, au bout de ce qui lui parut une éternité, Ivan – ou celui qu'elle croyait être Ivan – sortit de la salle de bains. Et, quinze secondes plus tard, elle entendit s'ouvrir puis se refermer la porte de la caravane.

Revenir se laver les dents ! Qu'est-ce qui lui avait pris ? Ça ne ressemblait pas à ce qu'on lui avait dit du violoniste. Tout ça finissait par sérieusement lui prendre la tête !

Une fois qu'elle fut certaine qu'Ivan ne reviendrait pas, Phoebe s'extirpa de sa cachette. Elle s'empara de sa brosse à dents, puisque c'était la dernière chose qu'il avait touchée.

Rien.

Elle sortit de la salle de bains et regarda autour d'elle. Quel objet avait le plus de chances de lui procurer une vision ? Elle passa les doigts sur une écharpe pendue à un cintre, s'agenouilla sur le lit d'Ivan et serra son oreiller entre ses bras.

Rien.

Alors, Phoebe se mit à faire les cent pas. Combien de temps pouvait-elle rester ici sans se faire repérer ?

Elle essaya des photos. Rien. Des livres. Rien. Des chaussures. Rien. Rien ne lui parlait dans cette fichue roulotte !

Exaspérée, Phoebe attrapa une brosse sur la commode et s'en frappa la paume.

Aussitôt, une gerbe de flammes la submergea.

La chaleur était insupportable. Le feu la cernait, commençait à lui dévorer la peau. Elle sentait l'air brûler autour d'elle. Horrifiée, Phoebe se jeta à terre et rampa vers la porte. La brosse à cheveux qu'elle venait de lâcher alla rebondir à quelques mètres d'elle.

Dissimulée derrière les buissons, Piper trouvait le temps long et l'endroit bien inconfortable. Phoebe avait-elle fini par découvrir quelque chose ?

Que Prue se soit ainsi amourachée d'un démon lui semblait tellement improbable. C'était plutôt à elle, Piper, qu'il arrivait d'habitude de tels avatars. Et même avec des non-démons comme Dan ou Léo, elle ne pouvait pas se glorifier d'avoir eu beaucoup de chance.

La jeune femme commençait à perdre patience. Jenny était seule au cirque, et cela l'inquiétait. Elle lui avait bien fait promettre de ne pas bouger de sa place, mais elle ne se sentait pas plus rassurée pour autant.

Jetant un coup d'œil dans l'allée, Piper aperçut Kaboodle et Masha qui se tenaient la main comme des adolescents. Puis elle reconnut Mitzi, la dresseuse de caniches, qu'elle avait vue lors du spectacle de la veille. C'est alors qu'un des chiens alla s'aventurer près de sa cachette. Allait-elle devoir le figer, comme Ivan ?

— Snookums ? appela sa maîtresse. Qu'est-ce que tu fais ? Viens par là, on va être en retard pour notre numéro !

Mais le caniche continua à renifler les mille parfums délicieux des buissons et – comble de malchance – accrocha son manteau de scène à une des branches. Voilà maintenant qu'il commençait à tirer pour se dégager, et, bien sûr, en jappant tout ce qu'il savait.

— Oooh, Snookums, non ! s'écria Mitzi en le découvrant. Tu vas abîmer ton costume !

Piper avait hésité trop longtemps à figer le chien car, déjà, sa maîtresse était là pour le récupérer. Elle attrapa l'animal puis écarquilla les yeux en découvrant la jeune femme recroquevillée à quelques mètres d'elle.

— Qu'est-ce que vous faites dans ces buissons ? lui demanda-t-elle, interloquée.

— Euh… je…

Impossible de lui donner une explication qui tienne debout.

— Ah, oui, je comprends, continua Mitzi. Encore une fan d'Ivan.

— Quoi ?

— Si vous voulez tout savoir, ma petite, Ivan a horreur des filles qui se jettent sur lui. Et, entre nous, il vaudrait mieux que Miranda ne vous surprenne pas ici. Allez, levez-vous et filez.

Piper se redressa non sans peine et interrogea :

— Miranda… ?

— Oui, Miranda. Quand elle est jalouse, elle peut devenir un vrai démon. Des groupies comme vous, elle est capable de les découper en rondelles.

Piper était furieuse de savoir que Mitzi la prenait pour une fan d'Ivan. Mais, au fond, c'était peut-être mieux que d'être prise pour ce qu'elle était vraiment : une sorcière fouineuse !

— Allez, je vous conseille de vous en aller. Et vite.

— D'accord, murmura Piper à regret. Je m'en vais.

Elle ne pouvait rien faire d'autre que de laisser Phoebe se débrouiller seule dans la roulotte du violoniste. Mais, après tout, sa sœur avait-elle vraiment besoin d'elle ? Autant retourner au plus vite voir ce que faisait Jenny.

Piper regarda sa montre. Huit heures cinq. Ivan devait être en train de se préparer dans sa loge, à présent. Sa sœur était donc en sécurité.

Étalée par terre, Phoebe avait l'impression de suffoquer. Elle toussa à plusieurs reprises puis ouvrit les yeux.

Rien. Plus de feu. Plus de chaleur insupportable.

Elle avait eu une vision. Mais tellement réelle qu'elle avait bien cru son heure arrivée.

Et si cette vision la concernait, *elle* ? songea-t-elle brusquement. Horrifiée, Phoebe se redressa puis alla s'asseoir sur le lit d'Ivan. Peut-être les visions qu'elle faisait naître volontairement étaient-elles trop puissantes ? Encore une chose qu'elle avait à apprendre.

Mais au fait, que lui racontait celle-ci ? Pas grand-chose, à la vérité. Les flammes avaient été si intenses qu'elle n'avait rien pu distinguer. Lentement, elle se mit debout et attendit que son vertige cesse.

Soudain, Phoebe fut prise de panique. Et si le numéro d'Ivan était déjà terminé ? Elle jeta un coup d'œil à sa montre. Ouf, huit heures dix ! Il lui restait juste le temps de filer d'ici au plus vite. Pas question de faire naître une autre vision. La première l'avait bien trop remuée.

Comme elle se dirigeait vers la porte, son regard se figea : la poignée tournait doucement dans la serrure. Puis, le battant s'ouvrit et Ivan apparut !

# CHAPITRE 11

— Qu'est-ce que vous faites ici ? interrogea Ivan, à la fois interloqué et furieux.

— Euh… vous… vous n'êtes pas en scène, en ce moment ?

— Mon numéro passe en dernier, vous ne vous rappelez pas ? Maintenant, répondez-moi. Pourquoi êtes-vous entrée chez moi ?

— Euh… eh bien, la porte était ouverte et… je cherchais ma sœur.

— Qui est votre sœur ? demanda-t-il en croisant les bras. Et pourquoi serait-elle ici ?

— Prue Halliwell, répliqua-t-elle. C'est la photographe du magazine *415*.

S'il était aussi accro à Prue qu'elle l'était à lui, il se serait radouci. Et Phoebe aurait au moins décelé dans son beau regard brun une minuscule étincelle de tendresse. Mais, rien. Le visage d'Ivan restait impénétrable.

Décontenancée, elle essaya autre chose.

— Je suis une grande admiratrice, roucoula-t-elle.

Son regard resta glacial quand il lâcha :

— Sortez, s'il vous plaît. Je suis pressé. J'ai un numéro qui m'attend, je n'ai pas le temps de discuter avec vous.

— Parfait, je m'en vais.

— C'est ça, et ne revenez pas ! lui cria-t-il en claquant la porte derrière elle.

Qu'est-ce que Prue pouvait bien lui trouver ? se demanda Phoebe, dégoûtée. Bien sûr, il était superbe, mais il n'y avait rien de chaleureux chez lui. De son visage n'émanait que de la cruauté, de la méchanceté. Et c'était cet homme dont sa sœur était folle ? Oui, elle était folle… Il n'y avait aucune sorte de séduction chez lui. Pas le moindre charme.

— Mais oui ! lâcha-t-elle tout haut. C'est clair ! Ivan tenait Prue sous son charme ! Peut-être même lui avait-il fait absorber un philtre d'amour ou une potion magique !

Phoebe allongea le pas. Elle devait consulter au plus vite le *Livre des Ombres*. Elle y trouverait peut-être quelque chose sur les traditions magiques des Tziganes. La vie de Piper – et sans doute même celle de Prue – en dépendait.

Prue allait et venait dans les coulisses, en tentant de faire abstraction des bavardages incessants de Kristin. Elle avait passé l'après-midi à photographier des clowns. De toute évidence, c'étaient les artistes préférés de la journaliste.

— Je trouve passionnant qu'aucun d'eux n'accepte de se faire prendre en photo sans son maquillage de scène, s'extasiait-elle. Et pourtant, d'après ce que je me suis laissé dire, c'est plutôt habituel dans la profession. Certains vont même jusqu'à se cacher des autres artistes, les empêcher de voir leur véritable visage. Étonnant, non ?

— Oui, assez… murmura Prue.

— En fait, je les comprends, poursuivit Kristin en éclatant de rire. Moi aussi, je refuserais qu'on me voie sans maquillage !

Prue arbora un sourire de complaisance. Les doigts sur son objectif, elle essayait d'obtenir le meilleur angle sur le violon d'Ivan. Déjà, dans sa loge, elle avait réussi à prendre quelques clichés de l'archet gravé pendant que l'artiste se préparait.

Mais dans la magie – et Prue ne le savait que trop –, des rituels incomplets pouvaient avoir de terribles conséquences. Il lui fallait l'histoire entière de l'instrument, sinon elle se mettait en danger. La sorcellerie était comme un puzzle : chaque élément comptait, faisait partie d'un tout.

Et, sans les symboles dessinés au dos du violon, les gravures de l'archet ne signifiaient rien de précis.

— Regarde-moi ça ! s'exclama Kristin. Au lieu de six clowns, il n'y en a que cinq, ce soir. J'aimerais bien savoir pourquoi.

Elle inscrivit quelques phrases sur son bloc-notes puis ajouta :

— Au fond, peut-être que, chaque soir, ils changent un peu leur numéro, histoire d'éviter la routine. Ou alors, il y en a un de blessé. Dans ce cas, comment est-ce qu'ils s'adaptent à ces changements ? Est-ce qu'ils improvisent ?

C'était une manie chez Kristin, qui horripilait la photographe. Elle la bombardait de questions en s'imaginant que Prue avait toutes les solutions. Au bout de deux jours, elle avait fini par comprendre comment répliquer : au lieu de se torturer le cerveau à chercher une réponse, elle se contentait de faire un signe de tête, prouvant ainsi à Kristin qu'elle l'écoutait.

Comme elle regardait les clowns d'un air distrait, Prue eut soudain l'impression que leur numéro durait un peu plus longtemps que d'habitude. Un coup d'œil à sa montre le lui confirma.

Était-ce Ivan la cause de cette prolongation ? Son numéro était programmé juste après celui des clowns. Regardant du côté des gradins, Prue fut heureuse de trouver Piper à sa place. Elle n'arrivait pas à croire que Phoebe avait raison à propos d'Ivan. Mais pour convaincre sa jeune sœur qu'elle avait tort de soupçonner ainsi le violoniste, il lui fallait des preuves solides. Des preuves qu'elle découvrirait peut-être gravées sur son instrument…

— Excusez-moi, lui lança tout d'un coup une voix hautaine.

Qui employait un ton aussi glacial ? Prue se retourna et aperçut Miranda Merrill, l'équilibriste.

— C'est très dangereux pour les étrangers de se trouver en coulisses, déclara-t-elle, les lèvres pincées. Il ne faut pas rester là.

— Je suis désolée, répliqua Prue en s'écartant.

— C'est incroyable ! maugréa Miranda avant de se placer à l'entrée de la piste. Faire venir des journalistes ici ! À quoi pense M. Amalfi ?

Manifestement, elle venait là pour regarder le numéro d'Ivan. Ou pour surveiller celui-ci.

Elle avait de l'allure, pourtant, là-haut sur sa corde. Musclée, élancée, elle accomplissait avec une grâce infinie son dangereux numéro. Dommage que, redescendue au sol, elle se montre si détestable.

— Qu'est-ce qui ne va pas entre toi et Miranda ? souffla Kristin, soudain apparue derrière Prue.

— Oh, juste un simple malentendu, soupira-t-elle. Mais pourquoi Ivan n'arrive-t-il pas ?

Peut-être Miranda le séquestrait-elle… ?

— À toi de lui demander, ma jolie. Tu parais si bien t'entendre avec lui.

Sentant Miranda la fusiller du regard, Prue se contenta de répondre à Kristin par un haussement d'épaules. Puis elle vit l'expression de l'acrobate changer subitement.

Surprise ! Ivan déboulait des vestiaires au petit trot. L'air tendu, il s'arrêta devant Miranda, et tous deux échangèrent à voix basse des paroles manifestement peu amènes. De quoi parlaient-ils ? Pourvu que ce ne soit pas d'elle !

Pourvu aussi que cette altercation entre eux ne vienne pas troubler le numéro du violoniste. Les animaux étaient extrêmement sensibles et pouvaient capter comme un rien les sentiments de leur dresseur. S'ils sentaient Ivan anxieux ou distrait, il était en danger.

— Mesdames et messieurs, annonça soudain Monsieur Loyal, nous avons le plaisir de vous présenter, ce soir, notre beau Tzigane, Ivan le Violoneux !

Ivan s'écarta de Miranda et ferma un instant les yeux tandis que l'éclairage diminuait. Puis, prenant une longue respiration, il cala son violon sur son épaule gauche et leva son archet. La tête haute, il pénétra sur la piste en exécutant une mélodie plaintive et magnifique.

Prue s'avança pour mieux le voir jouer, mais en s'efforçant de garder son regard fixé sur le violon, afin de ne pas se laisser distraire par le charisme de l'artiste. Elle avait des photos bien précises à prendre.

Levant son appareil à hauteur des yeux, elle murmura, comme pour elle-même :

— Ces symboles racontent une histoire, Ivan. Je dois savoir si cette histoire est une tragédie.

# CHAPITRE 12

À la fin du numéro, certaine d'avoir obtenu les clichés qu'elle voulait, Prue commença à ranger son matériel dans sa sacoche. Autour d'elle, tout le monde s'agitait, tant sur la piste que dans les coulisses. Le spectacle était fini, et Ivan avait déjà trouvé le moyen de se volatiliser.

Miranda aussi, bien évidemment. Était-elle allée l'aider à nourrir les animaux avant de retourner se changer dans sa loge ? Ou, ce soir, allait-il se passer quelque chose ? Ivan était-il vraiment le petit ami de l'équilibriste ? Formaient-ils un couple… qui ne s'entendait pas ?

Un nombre incroyable de questions assaillaient l'esprit de la jeune femme. Malgré toutes les rumeurs circulant au sujet du violoniste, pas un seul artiste ne le traitait de don Juan ni n'évoquait une relation quelconque avec Miranda. Tous ne parlaient que du maléfice dont il était victime.

Certains avaient même mentionné des incidents, tandis que d'autres semblaient le plaindre du malheur qui l'accablait.

Prue restait donc certaine que, si on la soupçonnait de s'interposer entre le violoniste et la belle acrobate, elle en aurait eu des échos.

— Heureux de vous voir encore ici, résonna derrière elle une voix grave.

Prue fit volte-face et son regard croisa les yeux sombres du beau Tzigane. Malgré elle, son cœur se mit à palpiter.

— Votre numéro était exaltant, comme d'habitude, lui dit-elle.

Ivan lui répondit par un sourire timide, et deux fossettes se formèrent au coin de ses lèvres.

— Cela me fait plaisir de vous l'entendre dire.

Puis, la prenant à part, il murmura :

— Prue, j'ai quelque chose à vous demander.

— Oui ?

— Accepteriez-vous d'être… mon invitée à une soirée organisée par les artistes, en l'honneur de Kaboodle ? C'est son anniversaire et…

— Ça me plairait beaucoup, lâcha-t-elle sans hésiter.

Le sourire d'Ivan s'accentua aussitôt.

— Merveilleux ! Dans ce cas, retrouvez-moi devant ma caravane, disons… vers minuit.

— Ce n'est pas un peu tard ? s'étonna-t-elle.

Qu'allait-elle bien pouvoir faire, en attendant ?

— J'ai juste un petit problème à régler avant, lui expliqua-t-il. Et, sans moi, les clowns ne vous laisseront jamais entrer.

— Je comprends. On se retrouve donc à minuit.

— Prue ! entendit-elle alors appeler derrière elle.

La jeune femme se retourna pour voir, à quelques mètres d'elle, Piper, Jenny et Phoebe qui les observaient. Cette dernière avait les bras croisés et fixait Ivan avec intensité.

— J'arrive, leur dit-elle.

— Je vous laisse avec vos sœurs, reprit Ivan. À tout à l'heure. Minuit, n'oubliez pas.

— Non, bien sûr. À tout à l'heure.

De nouveau, le violoniste se fondit dans la foule qui encombrait les coulisses.

— J'ai bien entendu ? intervint tout à coup Kristin, surgie de nulle part. Il te propose de l'accompagner à une soirée ?

— Oui, répliqua Prue en refermant sa sacoche d'un geste sec.

— Quelle veine tu as ! Je suis jalouse.

— C'est juste une soirée, tu sais.

— Mais entre artistes, seulement ! Tu te rends compte ? C'est passionnant de se faire inviter à une de leurs fêtes, de pouvoir découvrir comment ils vivent. Si je pouvais y être aussi... Prends toutes les notes et les photos que tu pourras, s'ils te laissent faire.

— Je ferai de mon mieux, promit-elle sans enthousiasme.

Kristin s'éloigna pour s'entretenir avec M. Amalfi, et Prue alla rejoindre ses sœurs.

— Tu es prête ? lui demanda aussitôt Piper. On y va.

— Hum... en fait, je crois que je vais rester un peu.

— Pourquoi ? interrogea Phoebe.

— Ivan m'a invitée à une soirée et... j'ai accepté, avoua-t-elle en baissant les yeux.

— Tu ne peux pas ! s'écria Jenny. Olga a dit qu'Ivan portait malheur à tous ceux qui restaient avec lui !

*Quelle ironie !* songea Prue. *Comment dire à Jenny de ne pas croire à ces inepties alors que je suis moi-même une sorcière ?*

Se forçant à rire, elle lui dit sur un ton léger :

— Ne t'inquiète pas, je serai prudente.

— Toi, prudente ! railla Piper. Tu es tellement accro à ce garçon que je te sens incapable de prudence, en ce moment !

— Je ne vois pas ce que tu lui trouves, ajouta Phoebe. D'accord, il a un numéro exceptionnel, mais, à part ça, qu'est-ce qu'il y a chez lui de si spécial ?

— Je… je n'arrive pas à l'expliquer, avoua Prue avec sincérité.

— Moi, je sais, reprit sa sœur. Je sais très bien ce qui t'arrive et… Quoi !?

Piper venait de l'interrompre en lui prenant le bras.

— On discutera de ça une autre fois, lui murmura-t-elle en lui montrant Jenny qui jouait avec les chiens de Mitzi. Il est tard, il faut que je la ramène chez elle.

— D'accord, lâcha Phoebe sur un ton résigné.

Puis, se tournant vers sa sœur, elle ajouta :

— O.K., on te laisse y aller, Prue, mais promets-nous d'être prudente… même si Piper n'y croit pas trop.

— C'est promis, leur lança-t-elle en les regardant s'éloigner.

Il lui restait environ une heure à tuer avant de retrouver Ivan. Estimant qu'elle était de trop dans ces coulisses encombrées, elle prit sa sacoche et se fraya un chemin vers les gradins.

Installée au deuxième rang, elle regarda les employés du cirque nettoyer la piste et la préparer pour le spectacle du lendemain. Quelques sièges plus loin, un homme inscrivait à la va-vite des mots sur son bloc-notes, tout en parlant dans son casque :

— Il nous faut d'autres filtres bleus, les deux de la gauche sont brûlés… Et puis, le signal pendant le numéro du contorsionniste arrive un peu trop tôt… L'orchestre, aussi : qu'il fasse plus attention à Miranda. Avec ce qu'elle fait, il doit la soutenir à cent pour cent. La flûte doit suivre exactement chaque geste de ses bras.

Prue était impressionnée. Le spectacle avait beau être parfaitement au point, chaque soir on vérifiait que tout restait réglé comme une horloge.

— Au fait, qu'est-ce qui s'est passé avec les clowns ? ajouta l'homme. Il y en a un qui était en retard. Il faudra trouver qui.

Ainsi, l'absence du clown était une erreur. Prue restait sidérée par le professionnalisme de ces artistes. Personne, dans le public, n'avait en effet remarqué qu'il manquait un personnage, et leur numéro s'était aussi bien déroulé que la veille.

Une odeur particulière fit se retourner la jeune femme. Une odeur de transpiration et de tabac, mêlée à quelque chose d'indéfinissable.

— Qu'est-ce que je fais qui ne va pas ? se lamenta Raphaël en venant s'asseoir derrière elle.

*Ça y est*, se dit Prue, cette odeur indéfinissable, *ça doit être* Eau de Serpent, *de Circus…*

— J'ai vraiment besoin de conseils, continua le géant tatoué. J'ai tout fait pour séduire votre jolie sœur, j'ai même utilisé un charme, mais rien ne marche. Je ne sais plus quoi faire.

Prue étouffa un rire. *Séduire Phoebe*... Il en fallait peut-être davantage que de se balader avec un boa constrictor autour du cou.

— Jamais je n'ai vu une fille aussi belle qu'elle, ajouta-t-il. Et Isabella, mon serpent, a l'air de l'apprécier aussi : elle a laissé Phoebe la caresser sans faire d'histoires. Je ne sais pas, ce charme ne vaut rien...

Prue considéra le pauvre Raphaël, avec son visage épais et buriné, ses dents manquantes et ses bras bardés de tatouages. Il semblait tellement paumé qu'elle décida de lui venir en aide.

— Ce n'est pas à cause de vous, Raphaël, lui dit-elle doucement. C'est que Phoebe n'a pas besoin de petit ami en ce moment, et encore moins de quelqu'un que son métier appelle à partir toujours ailleurs.

— Vous avez peut-être raison, reprit-il en se frottant le menton. La vie du cirque, ce n'est pas fait pour toutes les femmes. Et puis, on n'en est qu'au début de la tournée. La *Cavalcade* doit se balader encore pendant six mois à travers le pays.

— Vous voyez ? Je crois que c'est évident : elle veut éviter de se retrouver avec le cœur brisé.

— Oh, ça me ferait trop de peine de lui faire du mal, reconnut-il. Alors, autant me débarrasser de ce charme.

*Évidemment*, songea Prue, *sans cette odeur animale et cette allure de débardeur des halles, il pourrait faire effet. Il a vraiment l'air d'un gentil garçon.*

— Je peux savoir pourquoi vous êtes là, petite dame ? demanda-t-il. Notez que ça fait plaisir à certains : j'en connais par ici qui sont trop contents de vous reluquer, en ce moment.

— Euh… je… Ivan m'a invitée à l'accompagner à l'anniversaire de Kaboodle.

— Ça, on peut dire que c'est un honneur. Il y en a un qui vous a à la bonne, ici.

Prue se sentit rougir. Y avait-il beaucoup de rumeurs sur elle et Ivan ? Si c'était le cas, Miranda ne devait pas être très heureuse.

— Et où sc cachc notre beau violoneux ? ajouta-t-il. Ce serait pas encore un coup de sa malchance qui l'empêcherait d'être à l'heure ?

— Non, il m'a dit qu'il avait quelque chose d'important à régler avant. Peut-être avec ses animaux ?

— Bon, écoutez, moi je vais faire un tour chez les clowns avant qu'ils aient avalé tout le gâteau. Le pince-fesses a dû déjà commencer.

Prue regarda sa montre. Il était près de minuit.

— De toute façon, il est temps que j'aille rejoindre Ivan. Je pars avec vous.

Ensemble, ils remontèrent la grande allée bordée d'arbres. Il n'y avait pas de lune, et les lampadaires du parc, assez espacés, ne fournissaient qu'un faible éclairage. Prue frissonna dans l'air frais de la nuit.

— Je vous accompagne jusqu'à la roulotte d'Ivan, décida Raphaël. Ça me gêne que vous traîniez toute seule par ici, sans lampe de poche.

— Merci, murmura-t-elle en apercevant, un peu plus haut, la caravane du violoniste.

De la lumière filtrait par les petites fenêtres.

— Oh, parfait, dit Prue. Il est déjà là.

— J'attendrai dehors, lui déclara Raphaël. Histoire d'être sûr que c'est bien lui.

Comme ils s'approchaient lentement, un vacarme d'enfer les figea sur place.

La roulotte d'Ivan venait d'exploser. Elle était en flammes !

# CHAPITRE 13

— Je n'y crois pas ! s'écria Prue. Qu'est-ce qui se passe ?

— Au feu ! hurla Raphaël avant de se précipiter vers le téléphone le plus proche.

En quelques secondes, un attroupement se forma devant la caravane en feu, certains ne tardant pas à arriver avec des extincteurs.

— Arrosez les arbres ! cria quelqu'un.

Prue leva la tête. Les flammes grimpaient si haut qu'elles menaçaient les branches sous lesquelles s'abritait la roulotte. Si celles-ci s'enflammaient à leur tour, l'incendie risquait de gagner le parc entier de Golden Gate.

Prue considéra la branche la plus susceptible de prendre feu, concentra son énergie sur elle et, d'un imperceptible geste de la main, la fit craquer avant de la propulser loin du lieu de l'incendie.

Autour d'elle régnait à présent un véritable

chaos. Des ordres, des cris de peur ou d'encouragement s'élevaient un peu partout. Chaque fois qu'elle le pouvait, Prue usait de ses pouvoirs de télékinésie pour aider ici ou là. Il y avait une telle panique que personne ne songeait à faire attention à ses mains qui s'agitaient en tous sens.

Une épaisse fumée s'échappait des fenêtres explosées de la roulotte, et Prue la souffla de côté pour tenter de voir ce qui s'y passait. Une question atroce lui tordait l'estomac : Ivan se trouvait-il toujours à l'intérieur ?

Enfin, au bout d'une éternité, elle se sentit vaciller de soulagement. Alors que les pompiers venaient d'apparaître et que des gerbes d'eau s'abattaient sur le feu, elle crut apercevoir le violoniste, debout près de la porte, essayant d'éteindre des flammèches qui couraient sur l'herbe sèche.

Puis ce fut au tour des urgences d'arriver, toutes sirènes hurlantes. Les infirmiers dégringolèrent du véhicule, ouvrirent un brancard et galopèrent vers la roulotte.

S'il y avait encore quelqu'un à l'intérieur, Prue se demanda avec horreur comment il avait pu survivre à l'incendie. Un cri s'éleva alors, accompagné de murmures consternés.

— Miranda !

L'équilibriste était dans la roulotte d'Ivan ! Et

pourtant, lui-même se trouvait à l'extérieur, bien vivant. Comment était-ce possible ?

— Pauvre Miranda ! se lamenta une grosse femme, non loin de Prue. Elle n'a jamais voulu accepter le fait qu'elle n'intéressait pas Ivan.

— Il paraît, commenta quelqu'un à ses côtés, qu'il lui avait demandé de le retrouver ici, pour qu'ils s'expliquent tous les deux. Elle était si obsédée avec ça qu'il n'en pouvait plus.

— Cet Ivan, il a décidément la poisse, déclara Sacha, le clown au visage de lune, subitement réapparu. Une seule rencontre avec lui porte malheur.

— Tais-toi, c'est nul, ce que tu dis ! protesta Kaboodle. Il a dû y avoir un problème avec le tuyau de gaz, c'est tout.

— C'est vrai, ajouta Masha, il n'y a rien de surnaturel dans cet incendie.

— Vous êtes grotesques, tous, marmonna alors la vieille Olga. Grotesques et aveugles. Lui aussi. S'il avait accepté mon aide, il n'en serait pas là, ce soir.

— Moi, je crois qu'Ivan devrait partir, dit un autre. Il nous met tous en danger, voilà ce que je pense.

— Si Ivan part, reprit Kaboodle, on se retrouvera sans boulot. C'est lui qui attire notre plus grand public. Sans lui, on ne serait rien.

Tous ces commentaires commençaient à donner le vertige à Prue. Si la vision de Phoebe était juste, si Ivan était vraiment capable de vouloir étrangler Piper, pouvait-il aussi avoir délibérément piégé Miranda de façon aussi atroce ? Était-ce cela, le problème important qu'il avait à régler avant leur rendez-vous de minuit ?

Non, c'était trop horrible. Prue n'y croyait pas.

Elle regarda du côté de la roulotte. L'incendie était éteint, le camion des urgences était reparti, et les pompiers avaient laissé Ivan rentrer chez lui.

Elle s'approcha. Jamais elle n'avait vu une chose pareille. Le feu s'était déclaré si vite. Était-ce l'œuvre d'un démon ? Était-ce Ivan, le démon ? Prue regretta de n'avoir pas été assez près pour voir sa réaction à la nouvelle de la mort de Miranda.

Après quelques minutes à l'intérieur, Ivan ressortit de sa caravane, l'air anéanti, son violon serré entre ses mains. Aussi étrange que cela paraisse, l'instrument avait résisté au feu. De là où elle se tenait, Prue n'y voyait pas la moindre trace de roussi.

Ivan aurait-il cherché à protéger son précieux violon plutôt qu'une vie humaine ? Ou le violon s'était-il protégé lui-même ?

La jeune femme avait le cœur au bord des lèvres. L'incendie, les questions, la culpabilité ou l'innocence d'Ivan, la mort de Miranda, tout cela faisait trop. Sans un regard pour le beau Tzigane, elle s'enfuit loin de cet endroit effrayant.

— Je commence à voir double, se plaignit Phoebe. Des notes doubles, des clés doubles, des mesures doubles…

— Et des doubles croches, peut-être ? ajouta Piper en se frottant les yeux. Toi qui prétendais ne rien connaître au solfège… Allez, on fait une petite pause.

Depuis leur retour du cirque, réfugiées au grenier, les deux sœurs feuilletaient sans relâche le *Livre des Ombres*. Elles avaient trouvé tout un tas de renseignements sur la musique dans la magie. Il y en avait des pages et des pages.

Inquiète malgré elle, Phoebe s'efforçait de ne pas trop penser à Prue, seule avec Ivan en cette heure tardive. Piper, quant à elle, continuait de dévorer le précieux volume.

— Tous ces pouvoirs sont incroyables, fit-elle. Imagine qu'il existe des instruments destinés à te rendre amoureuse ou, au contraire, à te faire oublier que tu l'es. Des instruments destinés à contrôler la météo, à te protéger des attaques psychiques ou des maléfices en tout genre.

Elle poussa un soupir puis ajouta :

— Mais si on est incapables d'interpréter les symboles de ces rites magiques, on ne saura jamais quel pouvoir a le violon d'Ivan. S'il en a un…

— Je suis persuadée que cet instrument ne sert pas seulement à faire de la musique, dit Phoebe en tapotant des doigts sur la table. Mais j'espère qu'il ne servira pas non plus à jeter un sort à Prue !

Elle se lança alors dans une théorie selon laquelle, si Prue était tombée raide dingue du beau Tzigane, c'était parce qu'elle était victime d'un sortilège. Un sortilège qu'on lui aurait jeté grâce aux pouvoirs de ce violon !

— Possible, reprit Piper. Mais… il y a pourtant quelque chose de positif dans le passage que je suis en train de lire.

— Quelque chose de positif !? Raconte !

— Écoute : *Bien des maléfices jetés par ces instruments peuvent être neutralisés par le Pouvoir des Trois*. Au moins, on a une petite chance.

— Hum… marmonna Phoebe, songeuse. Est-ce qu'Ivan sait que nous sommes trois ?

— Je ne me rappelle pas l'avoir précisé. Mais, à voir l'intimité qu'il partage avec Prue, j'imagine que la réponse est oui. Olga semblait terriblement intéressée par nous ; j'en conclus que le chiffre trois a beaucoup d'importance dans la magie tzigane.

Phoebe acquiesça, puis se mit à feuilleter le *Livre des Ombres* d'un air absent. Malgré son épuisement, elle ne voulait pas aller se coucher sans avoir au préalable trouvé une réponse, aussi mince soit-elle. Elle savait que, si elle le laissait faire, le livre pouvait les mener de lui-même à ce qu'elles cherchaient.

Parfois, elle avait un peu l'impression qu'il leur enseignait des petites choses qu'elles ignoraient à propos de leurs pouvoirs. Elle sentait aussi que leur mère les observait à travers le volume. Phoebe était si jeune, lors de sa mort, qu'elle n'en gardait qu'un souvenir très flou.

C'était pourtant leur mère qui avait écrit la plupart des sortilèges réunis dans le *Livre des Ombres*. C'était aussi d'elle, de sa grand-mère et de toutes leurs aïeules depuis des siècles quc Phoebe et ses sœurs détenaient leurs pouvoirs. Aussi, lorsqu'une page se tournait d'elle-même, ou qu'un livre s'ouvrait naturellement sur tel ou tel symbole magique, Phoebe devinait qu'elle était guidée par la main vigilante de sa mère.

C'était précisément ce qu'elle commençait à sentir en ce moment. Alors qu'elle continuait à feuilleter le livre d'un geste machinal, ses doigts venaient de s'arrêter sur une page, et se mirent à la caresser sans qu'elle le décide. Elle baissa les yeux.

Une silhouette macabre lui apparut, qui semblait l'observer.

— Beurk ! s'exclama-t-elle. Qui c'est, ce gars ?

Piper se pencha par-dessus son épaule.

— Dis donc, je me trompe ou… on dirait qu'il porte le costume des Bohémiens ?

— C'est vrai, à part qu'il aurait besoin d'un bon coup de pressing.

Il n'y avait pas de légende, au bas de la page, juste le dessin de ce personnage à l'allure morbide. Phoebe l'examina avec soin. Il portait le pantalon et le gilet colorés du costume traditionnel bohémien, mais son visage paraissait décomposé, comme s'il était mort depuis longtemps. Des pans de tissu en loques pendaient au bout de ses bras écartés, ses doigts étaient noueux et squelettiques, et ses yeux avaient disparu au fond de leurs orbites.

— Prue n'a pas dit avoir vu, aux alentours du cirque, quelqu'un qui ressemblait à ce zombie ? demanda Phoebe.

— Si, bien sûr, je m'en souviens, maintenant ! Et le livre, il n'explique pas qui est ce personnage sinistre ?

D'une main nerveuse, Phoebe feuilleta les

pages suivantes. Il y avait certainement un texte qui accompagnait cette image.

— *Les Zombies tziganes*... lut-elle. Waouh ! Ici, on dit qu'un magicien tzigane assez puissant peut faire appel à un zombie pour accomplir sa sale besogne ! Il peut ainsi obtenir ce qu'il désire sans risquer d'être soupçonné.

— Est-ce qu'on donne des détails sur ce qu'un Tzigane peut demander à un zombie d'accomplir ? insista Piper.

— Tu veux une description des jobs possibles d'un zombie ? Attends… Oui, en voilà une liste. Hum… il peut tout faire : enlèvements, meurtres, cambriolages, incendies… Hé, il y a autre chose ! Tiens-toi bien, c'est plutôt hard !

— Parce que tu trouves que se faire tuer par un zombie, ce n'est pas déjà hard ?

— Écoute : si le magicien est très doué, le zombie peut exécuter ses ordres sur le plan astral. C'est essentiel, si on a besoin de combattre des attaques psychiques. C'est aussi utile quand on est à la recherche de talismans puissants, tel le Rubis Romani ou d'autres objets magiques.

— Le Rubis Romani ? répéta Piper. C'est la pierre qui procure trois fois plus de pouvoir aux Bohémiens. Ivan en a parlé à Prue, tout en prétendant ne pas croire à ces âneries.

— Oui, et il prétend aussi être le plus innocent

des hommes. Je n'arrive toujours pas à voir ce que Prue lui trouve.

— La vieille voyante semblait croire à tout ça, elle, fit remarquer Piper. Quand Jenny a parlé du rubis, Olga a flippé comme une malade en croyant que les secrets tziganes allaient être dévoilés aux étrangers.

— Ooooh, attends ! reprit Phoebe en lisant un peu plus loin. Je crois que je viens de comprendre pourquoi il y a de la magie tzigane dans notre *Livre des Ombres*. Le zombie peut aussi servir à combattre les pouvoirs neutralisants des *Charmed*. Maintenant, la question est de savoir dans quel but Ivan a fait appel à ce zombie.

— Mais est-ce qu'on est sûres que c'est Ivan qui a fait appel à lui ? interrogea Piper.

— Non, admit Phoebe. Il est même possible que quelqu'un ait fait appel au zombie pour faire du mal à Ivan…

— C'est vrai, on n'a même pas approfondi l'idée que, peut-être, on lui aurait jeté un sort.

Phoebe laissa échapper un long bâillement.

— Désolée, dit-elle en s'étirant, je crois que je vais aller me coucher. Je suis trop crevée pour continuer ce puzzle ce soir.

— Oh, merci, j'attendais que tu en parles la première. Moi aussi, je suis K.-O.

Quittant le grenier, les deux Halliwell descendirent vers leur chambre.

— Pas la peine d'attendre Prue, observa alors Piper. Si la soirée ne commençait qu'à minuit, elle ne sera pas rentrée avant l'aube.

— Si elle rentre… marmonna Phoebe dont la confiance en Ivan n'allait guère en s'améliorant.

— Pourquoi est-ce que tu dis ça ? s'indigna Piper, soudain figée à l'entrée du couloir. Comment veux-tu que je trouve le sommeil, maintenant ?

— Désolée, désolée… lui dit sa sœur en la poussant vers sa chambre.

Puis, arrivée devant sa porte, elle ajouta :

— Espérons seulement que ce sont les charmes d'Ivan et non ses maléfices qui retiennent Prue dehors toute la nuit.

— Là, je suis d'accord avec toi, soupira Piper.

# CHAPITRE 14

Piper se réveilla en sursaut et s'assit sur son lit. Avait-elle fait un cauchemar ? À propos de Prue… Puis elle se souvint : elle n'avait pas entendu rentrer sa sœur, la nuit dernière !

Saisie d'angoisse, elle bondit sur ses pieds et courut vers la chambre de Prue. Sans prendre la peine de frapper, elle ouvrit la porte. Ouf, le lit était défait. Prue y avait bien dormi, ne serait-ce que quelques heures.

Mais non ! se rappela tout d'un coup Piper. La veille, elles avaient quitté précipitamment la maison ; il était donc possible que ces draps froissés datent de la nuit précédente !

La jeune femme descendit en catastrophe à la cuisine, où elle trouva Phoebe en train de dévorer ses muffins.

— Elle… elle n'est pas rentrée à la maison ? balbutia-t-elle, haletante.

— Il y a un mot… répondit Phoebe, la bouche pleine. Sur le comptoir…

— Ce n'est pas vrai !? s'exclama Piper en le lisant. Un incendie !

— Oui, comme dans ma vision…

Dans son message, leur sœur expliquait que Kristin avait prévu une réunion pour le matin. À cause de l'incendie, l'endroit serait bourré de journalistes. Prue voulait donc être sur place le plus tôt possible. Elle demandait aussi à ses sœurs de ne pas bouger de chez elles, et de ne pas s'inquiéter. Dès son retour, elle leur raconterait tout.

— Genre, on ne va pas s'inquiéter ! ironisa Piper.

Phoebe avala une longue gorgée de café puis lâcha :

— Pas question de rester ici. Elle est en danger, je le sens.

— Alors, elle est vraiment revenue ici, cette nuit ? Ce message de Prue n'est pas truqué ?

— Je ne pense pas. Regarde, il y a une tasse dans l'évier, et le robinet du gaz était ouvert quand je suis descendue. Je me souviens très bien l'avoir fermé hier soir avant de monter au grenier avec toi.

— Alors, qu'est-ce qu'on fait ?

— On va là-bas, répondit Phoebe sur un ton décidé.

Piper sortit du frigo une boîte de lait et en avala une lampée.

— Tu bois directement au carton, commenta sa sœur, incrédule. Tu dois vraiment être très inquiète.

— Il faut qu'on sache ce qu'elle sait, déclara Piper en remettant le lait à sa place. Et il faut aussi qu'elle sache ce qu'on sait. Tu saisis ?

— Euh... oui, enfin... je crois saisir, articula-t-elle en fronçant les sourcils. Euh... qu'est-ce que tu viens de dire ?

— Oh, laisse tomber. Allez, on y va.

Elles s'habillèrent en vitesse et, au moment de partir, Phoebe se hâta de recopier les termes du sortilège qui devait les aider à combattre le zombie. Au cas où...

Évitant de se faire repérer par Jenny, qui les aurait alors suppliées de l'emmener, elles montèrent discrètement dans leur voiture et filèrent vers le Golden Gate Park.

À l'entrée, les gardiens les reconnurent et leur firent signe de passer. Elles avaient un petit plan en tête. Dès qu'elles seraient sur les lieux, Phoebe essaierait de trouver Prue, tandis que Piper irait questionner Olga. La vieille femme aurait certainement des tas de choses à leur raconter.

Dès que Phoebe se fut éloignée en direction du

cirque, Piper s'approcha de la roulotte de la Bohémienne et appela :

— Olga ?

Aussitôt, un visage plein et tanné apparut à la porte.

— Ah, voilà la jeune dame qui a deux sœurs.

— Bonjour ! reprit Piper. En fait, c'est à cause d'une de mes sœurs que je viens vous voir.

L'expression soudain plus sombre, elle marmonna :

— Entrez.

Piper la suivit dans la roulotte où flottait une âcre odeur de fumée. Olga avait dû fabriquer de la potion ou des charmes, car une série de bocaux étaient encore ouverts et des morceaux de plantes séchées crissaient sous leurs pieds.

— La nuit a été terrible, dit-elle en faisant signe à Piper de s'asseoir en face d'elle. Vous avez appris, pour Miranda ? Quelle tristesse ! Quelle honte ! Tout ça, c'est la faute de ce violoniste.

*Ça, c'est une perche tendue pour que je lui pose des questions sur Ivan*, songea Piper à qui ces odeurs commençaient à donner la nausée.

— Pourquoi est-ce que ce serait la faute d'Ivan ? demanda-t-elle en toussant.

— Mais parce qu'il a le mal en lui, bien sûr ! s'exclama la voyante en faisant claquer sa paume sur la table.

— Voilà pourquoi je suis venue vous voir. Ma sœur, Prue semble très… attachée à Ivan.

— Alors son âme tout entière est en danger ! annonça-t-elle en levant les bras au ciel. Il va la détruire comme il a détruit Miranda.

Piper ouvrait la bouche pour lui demander plus de détails, quand Olga lui saisit le bras.

— Je suis tellement soulagée que vous soyez venue me voir, petite dame.

— Pourquoi ?

— J'ai vu Ivan entraîner votre sœur dans un endroit isolé, bien au-delà du cirque. J'ai peur de ce qu'il peut lui faire.

— Oh, non ! s'étrangla Piper.

— J'aurais bien tenté de l'arrêter, ajouta Olga en lui lâchant le bras pour se tordre convulsivement les mains. Mais je suis vieille et faible. Je ne peux rien contre ce démon.

Elle se pencha au-dessus de la table, plongea son regard dans le sien et ajouta d'une voix sombre :

— Mais vous, vous êtes jeune et forte. Vous avez du pouvoir !

*Du pouvoir…* Avait-elle deviné quelque chose ?

— Par où sont-ils partis ? demanda Piper.

Olga lui indiqua le chemin qu'avaient pris Ivan et Prue avant de disparaître dans les bois.

— Merci, articula la jeune femme en se levant.

— J'espère que vous n'arriverez pas trop tard, murmura la voyante sur un ton lugubre.

Une fois dehors, Piper eut l'impression d'être aveuglée par la lumière. Tout en remontant l'allée qui menait au cirque, elle aperçut Phoebe courant à sa rencontre.

— Je ne l'ai pas trouvée ! annonça-t-elle, hors d'haleine.

— C'est parce qu'Ivan la garde avec lui ! Olga m'a dit où il fallait les chercher.

Elles continuèrent quelques mètres dans l'allée, puis empruntèrent un étroit sentier conduisant vers la partie boisée du parc. Ici, le feuillage était si épais qu'il étouffait tous les bruits du cirque.

Piper se sentit parcourue d'un frisson glacé. Cet endroit, si gai d'habitude, lui paraissait sombre et sinistre, aujourd'hui. Être sorcière exigeait de telles responsabilités, parfois. À certains moments, elle en arrivait même à regretter d'avoir ouvert le *Livre des Ombres*, avec ses sœurs.

Phoebe, elle, semblait mieux gérer la chose. Elle prenait même du plaisir à développer son habileté à avoir des visions. Prue, elle aussi, travaillait ses dons. En plus de la télékinésie, elle savait faire de la projection astrale. Si quelqu'un découvrait un jour le moyen de se situer dans deux endroits en même temps, ce serait bien elle.

— On devrait les avoir trouvés, non ? demanda Phoebe.

— Bientôt, lui promit Piper. D'après Olga, Ivan aurait emmené Prue dans une clairière, juste derrière ces arbres, là-bas.

— Tu ne sens pas quelque chose de bizarre ? Comme une odeur de poisson mort ?

— Oui, j'essayais de ne pas y faire attention.

Une ombre dans les feuillages attira soudain son regard. Elle saisit le bras de Phoebe et la força à s'arrêter.

— C'est Ivan ? souffla-t-elle.

— Je ne sais pas.

À cet instant, une longue silhouette surgit des buissons, dans un craquement de feuilles et de branchages. Levant haut devant elle ses bras squelettiques, elle se mit à marcher en direction des deux sœurs.

— Le zombie… murmura Piper.

— Maintenant, on sait d'où vient cette puanteur. Ce type m'a l'air mort depuis un bout de temps.

Comme hypnotisée par le personnage macabre qui s'avançait lentement vers elles, Piper sentit son sang se glacer dans ses veines.

— Mais qu'est-ce que tu attends, lui cria Phoebe. Fige-le !

— Oui…

Une chiquenaude dans l'air, et le zombie… continua de progresser vers elles.

— Ça ne marche pas ! s'écria-t-elle en jetant à sa sœur un regard terrorisé.

— C'est plutôt lui qui marche, oui ! Les morts, c'est souvent imprévisible, tu sais.

— Alors, qu'est-ce qu'on fait ?

— Trois… grinça la voix du mort-vivant.

Une voix qui semblait venir d'outre-tombe. Ou d'un autre monde. Il fit encore un pas.

— Le sortilège ! s'exclama Piper. Tu as le sortilège ?

— C'est vrai ! lâcha-t-elle en fouillant ses poches d'une main fébrile. Mais qu'est-ce que j'en ai fait ?

— Dépêche-toi ! S'il approche encore, je vais finir par tourner de l'œil, avec cette odeur !

— Ça y est ! s'écria Phoebe en brandissant victorieusement un bout de papier plié en quatre.

Le zombie était assez près, maintenant, pour que Piper distingue les asticots qui lui grouillaient dessus. *Vite, vite, avant que je décampe d'ici !*

— Trois… ? répéta-t-il, cette fois sur un ton interrogateur.

— Tais-toi ! lui ordonna Phoebe.

Elle se colla à Piper afin qu'elles puissent lire ensemble le sortilège, puis lança :

— On y va !

D'une même voix, elles entonnèrent :

*Serviteur des ténèbres, instrument de la Bohème*
*Envoyé pour détruire, débile et cruel,*
*Nous anéantissons tes ordres,*
*Nous brisons tes règles.*

Piper regarda Phoebe.

— C'est un peu méchant, non ? Le traiter de débile…

— On recommence ! ordonna-t-elle. Donne tout, cette fois-ci. Si ça se trouve, ça ne marche qu'avec le Pouvoir des Trois.

Elles répétèrent l'incantation à plusieurs reprises et, chaque fois, Piper sentait le pouvoir du charme s'accentuer.

Le zombie commença à vaciller. À mesure que leurs voix s'intensifiaient, il se fissurait telle une statue de verre. Puis son corps s'effondra sur lui-même, comme s'il était vide à l'intérieur, et, bientôt, il ne resta plus de lui qu'un tas de poussière à l'odeur immonde.

Main dans la main, haletantes, les yeux rivés sur les restes du mort-vivant, les deux sœurs demeurèrent un moment incapables de bouger. Enfin, Phoebe fut la première à se ressaisir et, glissant le bout de papier dans sa poche, remarqua :

— Cette fois, je me souviendrai où je l'ai mis.

— Il avait l'air contrarié qu'on ne soit pas trois, observa Piper. Il a été envoyé pour nous détruire, de façon à ce que le Pouvoir des Trois soit neutralisé.

— En fait, c'était ça, notre chance : on ne correspondait pas à ce pour quoi il avait été programmé. Ça veut dire aussi que le charme peut marcher sans Prue.

— Prue ! s'écrièrent-elles ensemble.

— Il faut continuer nos recherches, déclara Piper. Peut-être que ce zombie n'était là que pour nous retarder et nous empêcher de la sauver des griffes d'Ivan.

Elles se mirent à courir vers la clairière où elles débouchèrent enfin, hors d'haleine... pour s'arrêter net.

— Tu vois ce que je vois ? dit doucement Phoebe.

— Oui.

Il n'y avait ni Ivan ni Prue, dans la clairière.

Juste un superbe tigre !

# CHAPITRE 15

Instinctivement, Piper jeta les bras en avant et ordonna au tigre de se figer. Le puissant animal, qui s'apprêtait à bondir, s'arrêta net, paralysé en plein élan.

C'est alors qu'un autre tigre apparut au bout de la clairière. Le cœur palpitant, Piper le vit s'avancer vers elle et sa sœur. De nouveau, elle concentra tout ce qu'elle avait d'énergie et figea la créature.

— Piper, regarde ! s'écria alors Phoebe en lui indiquant la lisière des bois.

Un des ours d'Ivan crapahutait dans leur direction. Soudain, il redressa son énorme tête et poussa un grognement qui les glaça.

Sans trembler, Piper le figea de la même façon. Mais bientôt, sous son regard effaré, le premier tigre se remit en mouvement, aussitôt imité par le second. Elle eut à peine le temps de les paralyser à nouveau que, cette fois, c'était un lion qui émergeait des bois.

— Ce sont tous les animaux d'Ivan ! hurla Phoebe. Quelqu'un a ouvert leurs cages !

— Et je n'arrive pas à les garder figés ! se lamenta Piper. Ils doivent avoir un charme qui les protège, ce n'est pas possible. Méfie-toi parce que je ne me rappelle pas combien ils étaient !

Un autre surgit tout à coup des fourrés. Piper le gela à son tour. Mais, alors qu'elle recommençait avec le premier, elle sentait que ses pouvoirs diminuaient. Elle était épuisée. Jamais elle n'avait eu à bloquer les forces de tant de créatures à la fois !

— Où peut bien être Prue ? demanda Phoebe. Est-ce qu'on serait arrivées trop tard ? Peut-être qu'Ivan l'a donnée en pâture à ses animaux !

— Je ne sais pas, je n'arrive pas à penser à ça… J'ai trop besoin de me concentrer. À toi de trouver comment on pourra sortir d'ici entières !

De nouveau Piper dut figer le lion, puis les tigres. Elle regardait avec horreur l'ours se remettre à bouger lorsque des voix familières résonnèrent sous les arbres.

Prue et Ivan ! Elle crut défaillir. Était-ce maintenant que la vision de Phoebe allait prendre tout son sens ? Ivan venait-il l'étrangler ?

Tous deux débouchèrent d'un sentier latéral, à l'opposé du coin par lequel étaient arrivés les animaux. *Ce n'est pas possible, je n'y crois pas !* songea Piper, horrifiée. *Ivan s'apprêtait à offrir Prue à ses bêtes pour qu'elles la dévorent !*

Et elles qui craignaient d'arriver trop tard... Elles s'étaient pointées trop tôt, au contraire ! Trop tôt pour qu'Ivan commette ses méfaits.

Comme Piper voyait sa sœur s'avancer dans la clairière, elle lui cria :

— Prue, va-t'en vite ! Cours !

Profitant de la stupéfaction d'Ivan, elle le figea net.

— Prue, va-t'en ! hurla Phoebe, sinon tu vas servir de dîner aux animaux !

— Quoi... ? s'écria-t-elle, sans comprendre.

— Je ne vais pas pouvoir les garder longtemps comme ça ! reprit Piper. Va-t'en d'ici !

— Pas question ! rétorqua Prue.

Déjà, l'air se mettait à ondoyer autour du violoniste. Il allait se réveiller.

— Garde un œil sur lui ! ordonna Piper à Phoebe. Il va peut-être te falloir utiliser la vieille méthode. Moi, je m'occupe des animaux.

*La vieille méthode, a-t-elle dit ? Allons-y !* Adoptant sa position de karaté favorite, Phoebe se blinda les muscles tandis qu'Ivan, de nouveau, progressait vers les deux filles.

— Qu'est-ce qui se passe !? cria-t-il en se ruant sur Piper. Qu'est-ce que vous faites !

— Arrière ! s'exclama soudain Prue en pointant un doigt sur le violoniste qui alla valser dans les fourrés.

Puis elle se tourna vers ses sœurs et leur lança :

— On se fait la belle, les filles !

Les trois Halliwell se prirent par la main, traversèrent la clairière au triple galop puis s'enfoncèrent dans les bois. Après une course effrénée, elles atteignirent les premières caravanes, puis remontèrent en courant les allées de stands sans s'arrêter, sans oser un instant regarder derrière elles, indifférentes aux regards médusés des badauds qu'elles ne manquèrent pas de bousculer au passage.

Lorsque, enfin, au bord de l'asphyxie, elles s'affalèrent dans la voiture de Prue, celle-ci démarra en trombe et quitta le parking dans un sauvage crissement de pneus.

— Tu me crois, maintenant ? lui demanda Phoebe après avoir repris un peu de son souffle. Ivan porte malheur !

— C'est vrai que ça en avait l'air, admit-elle malgré elle.

Piper la sentait affreusement déçue, mais que pouvait-elle faire ?

— Je crois qu'il y avait un charme anti-sorcières autour de ces animaux, observa-t-elle. Je peux dire que ça ne m'a pas aidée.

— Mais heureusement, Ivan ne savait pas de

quel genre de pouvoir il devait se protéger, ajouta Phoebe. Tous les sortilèges ne sont pas les mêmes.

— Mais qu'est-ce qu'il cherche ? demanda Prue, les mains agrippées au volant. À quoi est-ce qu'il joue, j'aimerais bien savoir ?

— Que cherche un démon ou un sorcier, d'après toi ? reprit Phoebe. Ils veulent notre mort, c'est aussi bête que ça.

Piper lui jeta un regard noir. Parfois, sa sœur manquait de délicatesse.

— Quoi !? lâcha Phoebe. Je sais que c'est dur à entendre, mais c'est la vérité.

Tout en garant la voiture dans l'allée de leur maison, Prue soupira :

— Désolée, les filles. Je nous ai toutes les trois mises en danger. Mais franchement, Ivan avait… si peu l'air d'un démon.

— Je sais, ma chérie, lui dit Piper. Nous-mêmes, on ne comprend pas ce qui se passe. Si ça se trouve, Ivan est victime d'un sortilège.

— Heureusement, en tout cas, que ma vision ne s'est pas réalisée, remarqua Phoebe.

— Tu oublies celle de l'incendie, lui dit Piper.

— Oui, c'est vrai. Mais, cette brosse à cheveux que j'ai prise dans mes mains, elle devait appartenir à Miranda. Ce qui a fait que, au lieu d'avoir une vision d'elle, je suis *devenue* elle. La pauvre, c'est moche, tout de même, ce qui lui est arrivé.

En entrant dans la maison, Piper continuait à se demander comment il était possible qu'Ivan soit responsable de la mort de l'équilibriste. Et à voir l'expression qu'affichait Prue, elle sut que sa sœur se posait la même question.

Arrivées au salon, les trois filles se laissèrent tomber sur le divan et les fauteuils.

— Avec les photos que j'ai prises, on obtiendra peut-être quelques précieuses réponses, déclara Prue en ouvrant sa sacoche.

— Oui, bonne idée ! s'exclama Phoebe. On descend tout de suite les développer.

Tandis que, dans la chambre noire, elles attendaient le résultat des agrandissements, Piper raconta à Prue ce qu'elles avaient découvert dans le *Livre des Ombres*.

— Alors, ce ne serait pas impossible qu'Ivan puisse transmettre son pouvoir à son violon ? interrogea-t-elle.

— Ou bien que le violon ait son propre pouvoir, et qu'il l'utilise pour influencer Ivan, suggéra Piper.

À ces mots, Prue parut immensément soulagée. Une lueur d'espoir illumina son regard. Et si Ivan n'était pas le personnage diabolique que tous, même ses sœurs, le soupçonnaient d'être ?

Piper, de son côté, pensait que le violoniste essayait peut-être de voler à Olga ses pouvoirs.

D'où la crainte panique de la vieille Bohémienne. De toute évidence, il y avait un lien entre ces deux personnes.

— Il faut savoir maintenant ce que ces symboles veulent dire, déclara-t-elle. Et comment ils travaillent ensemble pour donner de la magie à ce violon. C'est le seul moyen qu'on aura de l'empêcher d'agir… lui ou Ivan.

Prue n'arrêtait pas d'aller et venir dans la pièce, en attendant que les clichés soient révélés. Son regard allait sans cesse des bacs à la minuterie. Enfin, lorsque la sonnerie retentit, la jeune femme s'empressa de sortir les photos pour les passer sous l'eau.

— Elles sont prêtes, annonça-t-elle au bout d'un instant.

À l'aide de deux pinces, elle saisit la première photo développée et la fixa sur le fil tendu au-dessus de la table.

— C'est assez net, on dirait, commenta Piper. On devrait pouvoir comparer ces images avec celles du *Livre des Ombres*.

— Et celles-là, qu'est-ce que c'est ? demanda Phoebe en apercevant d'autres clichés qui attendaient dans le bac de rinçage.

— Oh, j'ai pris ça dans la loge d'Ivan. Ce sont toujours les symboles figurant au dos du violon, mais de tout près, cette fois. Je les ai même agrandis pour qu'ils soient plus faciles à déchiffrer.

Un par un, Prue pinça les agrandissements sur le fil afin de les laisser sécher, pendant que ses sœurs se lançaient dans une étude approfondie de son œuvre.

— Hé… dis donc ! lâcha soudain Phoebe.

— Quoi ? fit Piper.

Phoebe prit délicatement la photo entre ses doigts et la regarda de plus près.

— Prue, tu as fait ces clichés dans la loge d'Ivan, c'est bien ça ?

— Oui, pendant qu'il se préparait pour son numéro.

— Cette pendule, dans sa loge, elle est à l'heure ?

— Je crois, oui. Je n'ai pas vérifié. Pourquoi ?

— Attends, intervint Piper, il y a des gros plans de sa montre pendant qu'il jouait du violon. On peut vérifier là-dessus, aussi.

Toutes les trois se précipitèrent sur les clichés pris sur la piste, durant le spectacle d'Ivan.

— O.K., dit alors Phoebe, procédons par ordre. Dans la loge, pendant qu'Ivan se prépare, il est huit heures du soir, en imaginant que cette pendule soit à l'heure. Et pendant qu'il est en scène, la montre d'Ivan indique huit heures dix, en admettant aussi que celle-là soit juste, bien entendu. On est d'accord, pour le moment ?

— Bien sûr, déclara Prue. Et d'ailleurs, on devrait retrouver l'heure exacte sur les négatifs. Les pros utilisent toujours des négatifs datables, maintenant, et…

— Alors là, les filles, il y a quelque chose de bizarre ! l'interrompit Phoebe. Parce que moi, je peux vous assurer qu'à huit heures dix Ivan était dans sa roulotte, en train de me crier dessus !

Un silence stupéfait s'installa. Les trois sœurs se regardèrent, interloquées.

— Ce n'est pas possible, je… je ne l'ai pas quitté d'une semelle, avoua Prue.

— Que tu sois là ou pas pour vérifier son alibi, reprit Phoebe, il n'aurait jamais eu le temps de me faire sa crise à huit heures dix, et de se retrouver en scène à huit heures dix *aussi* ! À moins que Piper et moi, on n'ait toutes les deux une montre qui retarde.

— Attendez… articula Prue. Laissez-moi réfléchir. J'avais réglé ma montre sur la pendule de la loge d'Ivan, cet après-midi-là…

— Et je t'ai demandé l'heure avant qu'on se sépare ! précisa Piper. Et toi, Phoebe, je t'ai donné l'heure, ensuite, tu te souviens ?

— Parfaitement. On était toutes les trois synchrones avec Ivan. Donc, personne ne retardait ni n'avançait, on peut être sûres de ça.

— Alors, commenta Piper, Ivan se trouvait sur la piste pour son numéro, et en même temps dans sa roulotte en train de crier sur Phoebe ! Intéressant…

Se tournant vers Prue, elle ajouta :

— Tu crois qu'il peut faire de la projection astrale, comme toi ?

— Je ne pense pas, mais après tout, je n'en sais rien. Je ne lui ai jamais vu de qualités surnaturelles… seulement quand il joue du violon.

— Est-ce qu'il aurait un frère jumeau ? hasarda Phoebe.

— Il me l'aurait dit, je crois. Il m'a beaucoup parlé de sa famille.

— Et les gens du cirque auraient été trop contents de nous l'apprendre, reprit Phoebe.

— Peut-être qu'il a un jumeau, et que tout le monde l'ignore, suggéra Piper. Même Ivan…

— Tu veux dire qu'il y aurait un second Ivan, un frère secret ? interrogea Phoebe, sceptique. Et ce serait lui qui porterait malheur à notre violoniste ? Ce serait lui aussi que j'aurais vu, dans ma vision, en train de t'étrangler ?

— C'est Dr. Jekyll et Mr. Hyde, votre histoire, observa Prue avec une moue. Mais qui nous dit qu'on a affaire à deux hommes différents ?

— Tu en as la preuve sous les yeux, lui dit Piper. À moins qu'il n'ait le don d'ubiquité, on dirait bien qu'ils sont deux : le gentil Ivan, à huit heures dix sur la piste, et le méchant Ivan, à huit heures dix dans la roulotte ! C'est clair !

— Les filles, intervint alors Phoebe, ce n'est pas en restant ici qu'on résoudra notre problème. Je crois qu'il est temps de continuer nos recherches. Allez, sus au *Livre des Ombres* !

Leurs photos sous le bras, les trois Halliwell grimpèrent quatre à quatre au grenier. Une fois là-haut, installée devant la table, Piper eut à peine touché l'épais volume qu'il s'ouvrit pile à la page des symboles.

— Merci, souffla-t-elle en levant les yeux vers le ciel.

— Alors, allons-y, dit Prue avant de plaquer ses clichés à côté des illustrations.

Elle étudia longuement les différents dessins puis déclara :

— Les gravures de l'archet constituent une formule magique qui procure un pouvoir sur les animaux.

— Waouh ! lâcha Phoebe. Alors, le si beau numéro d'Ivan ne serait dû qu'à son violon ? C'est plutôt décevant.

— Ça veut dire aussi qu'il a pu se servir de

l'instrument pour ordonner aux animaux de nous attaquer, suggéra Piper.

— Peut-être… murmura Prue avant de se replonger dans l'étude des images. En fait, les symboles gravés au dos du violon modifient la formule de l'archet, de sorte que ça constitue à la fois une protection et un avertissement.

— Qu'est-ce que tu veux dire ? demanda Phoebe.

— Le pouvoir qu'on exerce sur les animaux dépend de la nature du musicien, expliqua Prue. C'est logique. Les animaux répondent au gentil Ivan que j'ai rencontré.

— Et ils nous ont attaquées parce qu'ils répondaient au méchant Ivan que j'ai rencontré, enchaîna Phoebe. Ça tient debout…

— Mais il n'avait pas son violon avec lui quand ces animaux sont sortis du bois, objecta Prue.

— Ce qui confirme qu'ils sont bien deux, déclara Piper.

— J'ignore comment quelqu'un d'autre aurait pu mettre la main sur l'instrument, dit Prue. J'ai vu Ivan l'enfermer dans le coffre de M. Amalfi. Il y fait très attention, maintenant.

— Attendez, fit soudain Piper, il y a autre chose : le pouvoir ne suit le violon que si celui-ci est librement offert à son nouveau propriétaire.

Sinon, l'instrument retourne d'office à son ancien maître.

— Ce qui expliquerait sa matérialisation, commenta Prue sur un ton joyeux. On a dû le voler, et le violon est retourné de lui-même à son propriétaire… pendant son absence. Ivan savait qu'on le lui avait dérobé et, en fait, il était dehors en train de le chercher quand l'instrument est apparu devant moi.

— Est-ce que le *Livre des Ombres* dit autre chose ? demanda Phoebe.

— Oui, je crois, fit Piper. Ah, oui, là : si le propriétaire du violon vient à mourir, l'instrument et ses pouvoirs vont au premier membre de la famille qui le touche.

— Laisse-moi voir ça, dit Phoebe.

— Je crois qu'on peut avoir une idée de ce qui se trame, déclara Piper en s'écartant pour laisser la place à sa sœur. Ivan a vraiment un frère jumeau. Et ce jumeau veut le violon.

— Est-ce qu'on dit autre chose sur la magie tzigane ? s'impatienta Phoebe en feuilletant nerveusement le volume. Oh, voilà !

— Quoi ? s'inquiéta Prue.

— C'est sur les croyances tziganes. Un peu tout ce qu'Ivan t'a raconté : les formules magiques pour l'amour, le Rubis Romani…

— C'est vrai, se rappela Piper, la pierre au

triple pouvoir ! Olga m'en a parlé, aussi. Elle doit avoir une importance folle dans les rites magiques des Bohémiens.

— Tout ça, c'est passionnant, dit soudain Prue. Mais ce que je me demande, c'est pourquoi on veut absolument mettre la main sur ce violon. Quel est l'intérêt de faire danser des tigres et des lions ?

— Je crois savoir pourquoi ! s'exclama Phoebe en tapotant la page qu'elle venait de tourner.

Ses deux sœurs se penchèrent sur le vieux livre et y découvrirent une créature monstrueuse. La bête avait la partie avant du corps d'un lion, mais sa moitié arrière était celle d'un lézard géant. Elle n'avait pas moins de douze yeux, où semblait brûler le mal, ainsi qu'une double rangée de dents énormes. Une série de pointes acérées lui entourait l'encolure, et sa face était plus hideuse que celle de tous les dragons que Piper avait osé imaginer.

Le mot *Loriathian* apparaissait en légende sous l'illustration, et la jeune femme lut rapidement le petit texte qui l'accompagnait. Puis elle lâcha un profond soupir et leva les yeux vers Prue avant de murmurer :

— Ce n'est pas pour contrôler les tigres que quelqu'un cherche à utiliser ce violon. C'est pour contrôler le Loriathian.

# CHAPITRE 16

Sidérée, Prue ne pouvait détacher les yeux de l'horrible image.

— Ce n'est pas vrai, j'hallucine ! Et pourquoi quelqu'un chercherait à contrôler ce… cette chose ?

Piper se remit à lire.

— Écoutez la suite : *Le Loriathian est le gardien du Rubis Romani, sur le plan astral. Le seul moyen de mettre la main sur cette pierre est de distraire la créature, de l'anéantir ou de la tuer. Aucun Bohémien, jusqu'à ce jour, n'en a été capable. Et cela, depuis plus de cinq cents ans.*

— Alors, si je comprends bien, celui qui veut le violon espère l'utiliser pour anéantir le Loriathian, ou le charmer juste le temps de lui dérober la pierre ?

— C'est ce que je crois, dit Phoebe. Et c'est de là que viennent toutes les rumeurs au sujet d'Ivan.

Le mauvais œil dont il est victime serait dû au fait que quelqu'un essaie de lui voler son instrument.

— … ou essaie de lui faire assez peur pour qu'il s'en débarrasse de lui-même, ajouta Prue. D'après Ivan, Olga tenterait par tous les moyens de le persuader que son violon est maudit.

— Ainsi, continua Piper, le pouvoir de cet instrument serait transmis d'office à la voyante, puisqu'il le lui donnerait librement.

— Olga… reprit Phoebe, pensive. Elle est bohémienne, elle connaît l'histoire du Rubis Romani. C'est elle qui doit être derrière tout ça.

— C'est elle aussi qui nous a envoyées chercher Prue dans la clairière, fit remarquer Piper. Elle nous a jetées dans la gueule du loup, si j'ose dire. Vous savez, elle a dû deviner qu'on était les *Charmed*. C'est donc elle qui a tout fait pour que notre pouvoir n'agissc pas sur les animaux.

— Mais dans quel but ? Elle ne peut tout de même pas prendre la place d'Ivan ?

— Bien sûr que non, répondit Prue. Mais je l'ai vue traîner près de la piste, pendant qu'Ivan numéro deux s'en prenait à Phoebe, dans la roulotte.

— Alors, elle a un complice, déclara Phoebe. Et on sait maintenant ce qu'ils veulent. L'important, à présent, c'est de trouver de qui il s'agit.

— Je crois en connaître au moins un, annonça Piper. Le zombie.

Elle raconta à Prue leur rencontre avec le mort-vivant, dans les bois.

— Les Bohémiens qui ont beaucoup de pouvoirs se servent de ces zombies pour accomplir leurs sales besognes.

— Oui, l'incendie, par exemple, reprit Phoebe. Ils espéraient qu'Ivan se trouverait dans la roulotte. Ils savaient aussi que le violon résisterait.

— Et, à la place, ils ont tué Miranda, commenta Prue. Il faut absolument avertir Ivan ! Et… mon Dieu, on l'a laissé là-bas ! Je l'ai balancé dans les buissons et on l'a laissé là-bas, avec les animaux !

— Je suis sûre qu'il n'a pas eu de problème pour les reprendre en main, la rassura Phoebe. En revanche, lui qui ne croit pas à la magie doit se demander pourquoi on cherchait tant à contrôler ses bêtes.

— Oui, il faudra le lui expliquer, déclara Piper. Mais maintenant qu'il est en danger, il nous croira peut-être.

— Mais à part Olga, qui est-ce qui le met en danger ? interrogea Prue.

— C'est incroyable qu'on n'ait remarqué aucun garçon ayant le même visage que lui, s'étonna Phoebe.

— On n'est pas les seules à n'avoir rien vu, nota Piper. Si Ivan avait un sosie dans ce cirque, on l'aurait su, d'une manière ou d'une autre.

— Pas si ce jumeau se montre sous un autre visage ! s'exclama soudain Prue. Le visage maquillé d'un clown, par exemple.

— On retourne là-bas tout de suite ! décida aussitôt Phoebe. Il faut prévenir Ivan, et il faut trouver qui se cache derrière tout ça.

— Attention, lui objecta Piper, Olga sait qui on est. Elle et ses complices vont être sur leurs gardes.

— Tu as raison, dit Prue. Et on sait jusqu'où ils peuvent aller. Alors, comment agir en restant prudentes ?

— J'ai une idée ! lança Phoebe. Je connais un excellent moyen de passer inaperçues dans ce cirque.

Glissant un bras autour des épaules dc Prue, elle ajouta :

— L'ennui, chère grande sœur, c'est que tu ne vas pas tellement aimer…

Vêtues d'accoutrements plus clownesques les uns que les autres, les trois sorcières Halliwell déambulaient en silence entre les caravanes parquées autour du cirque.

L'aube n'était pas levée, et elles voulaient surprendre les clowns à leur réveil… avant qu'ils ne se maquillent.

Soudain, devant elles, une silhouette masculine se glissa entre les arbres. L'homme portait des boots ainsi que le pantalon noir et moulant du violoniste.

— On le suit, murmura Prue.

Entendant des pas derrière lui, il se retourna. C'était Ivan, qui, affichant un air parfaitement indifférent à la vue des trois clowns, poursuivit son chemin.

— C'est lequel ? chuchota Phoebe.

— Je ne sais pas. Suis-le, pour voir dans quelle roulotte il monte. Mais, surtout, ne le perds pas de vue.

— Compris, souffla-t-elle. Tu viens avec moi, Piper ?

Prue, de son côté, concentra toute son énergie à se projeter là où logeait le violoniste : la caravane des accessoiristes, que M. Amalfi avait mise à sa disposition après l'incendie de sa roulotte.

Quelques secondes plus tard, elle regardait Ivan dormir. Il était allongé torse nu sur un matelas, à même le sol, entouré de matériel électrique.

*Il y en a bien deux !* songea-t-elle, tout heureuse. *Je ne me trompais pas. Cet Ivan est bien le gentil garçon au magnifique corps d'athlète que je connais.*

Incapable de résister à la flambée d'affection qui la submergeait, elle remonta doucement la couverture sur ses épaules et le contempla en souriant. Dans son sommeil, il soupira puis roula sur le côté.

À regret, Prue jugea néanmoins plus prudent de disparaître. De nouveau, elle se concentra pour retourner dans son propre corps. Quelque peu étourdie, elle se demanda ensuite si elle s'habituerait jamais à ces projections astrales. Elle adorait cela, mais c'était toujours très troublant de quitter puis de récupérer son corps. Surtout lorsque celui-ci était vêtu de ce grotesque costume de clown !

Où étaient Piper et Phoebe, maintenant ? Sans doute continuaient-elles de traquer le sosie d'Ivan. Soudain, alors qu'elle remontait discrètement l'allée, la porte d'une caravane s'ouvrit non loin d'elle. Un homme de haute taille, chauve et au nez busqué, apparut sur le seuil, suivi d'une petite femme replète aux cheveux noirs et courts.

*Probablement Kaboodle et Masha*, se dit Prue.

— Tiens, tu as changé de costume ? lui lança-t-il. Tu devrais peut-être me tenir au courant. Ça va forcément modifier ton numéro.

Alors que Prue, à demi paniquée, se contentait

de lui répondre par gestes, Masha intervint en disant :

— Laisse-le tranquille. Il préfère peut-être en parler à M. Amalfi, avant.

À peine rassurée, Prue, d'un index levé devant le nez, fit comprendre à Masha qu'elle avait raison. Puis elle continua son chemin.

— Tu vois, reprit la compagne de Kaboodle, ce n'est pas parce que tu es responsable de nous tous que tu dois jouer les dictateurs.

— Bien sûr que non, mais la qualité d'un numéro a beaucoup d'importance pour moi, tu le sais.

— Oui, je sais, je sais... lui dit-elle en le poussant gentiment à l'intérieur.

Toujours préoccupée par les mille questions qui se bousculaient dans son esprit, Prue fut heureuse de tomber enfin sur deux clowns dont elle reconnaissait l'allure : Phoebe et Piper.

— Ivan dormait paisiblement dans sa caravane, leur dit-elle aussitôt.

— Et nous, on sait qui est l'autre ! lui annonça victorieusement Piper. Tu te rappelles, ce clown à la face de lune, Sacha ? On l'a suivi jusqu'à sa roulotte.

— Et devine qui en est sorti, pile au moment où le soleil se levait ? enchaîna Phoebe.

— Olga, j'imagine.

— Exactement. Maintenant, on est sûres que ces deux-là sont de mèche.

— Et parents, aussi, précisa Piper. J'ai entendu Ivan – je veux dire, Sacha – l'appeler Mama Olga.

— Ça fait un peu flipper de penser que deux femmes différentes ont pu donner naissance à deux jumeaux parfaitement identiques, commenta Prue.

— Mais nous, les sorcières, on est habituées à tout ce qui est bizarre, pas vrai ? rétorqua Phoebe en souriant. On étudiera plus tard le *comment* de la chose ; ce que je veux savoir, maintenant, c'est ce qu'on fait.

— Oui, tu as raison, admit Prue. Je pensais qu'on… devrait tout raconter à Ivan, en fait. Il connaît peut-être des traditions bohémiennes qui pourraient nous aider.

— À condition qu'il accepte de croire à toutes ces « âneries », remarqua très justement Phoebe.

— Il y sera bien obligé. Allez, on y va. J'aurais juste préféré qu'il ne me voie pas dans cet accoutrement…

Prue conduisit ses sœurs jusqu'à la caravane du violoniste. Le soleil était levé, à présent, et les trois filles furent surprises de constater avec quelle vitesse le cirque se réveillait. Tous s'activaient ici et là, installaient leur stand ou faisaient la queue devant la cantine.

— Salut ! leur lança un clown en les croisant.

— C'est à nous qu'il parle ? s'inquiéta Piper.

— Bien sûr, lui souffla Phoebe. On lui répond et on continue notre chemin.

Quand, enfin, elles arrivèrent devant la caravane d'Ivan, Prue frappa à la porte et attendit, le cœur battant.

— Entrez, répondit une voix ensommeillée.

Les trois Halliwell pénétrèrent dans l'antre temporaire du violoniste. L'endroit était encombré de câbles et d'accessoires de toutes sortes. Au milieu de ce bric-à-brac, elles découvrirent Ivan, torse nu, assis sur une caisse, un bol de café fumant à la main. Sagement rangés près de lui, se trouvaient le violon et l'archet.

— Qu'est-ce que… vous voulez ? s'étonna-t-il en voyant débarquer ces étranges visiteurs.

— Ivan, c'est moi, Prue, lui dit aussitôt la jeune femme.

Il la considéra d'un air interloqué puis éclata de rire.

— C'est le virus du cirque qui vous a attaquées, toutes les trois ?

— Non, répondit Prue avec gravité. C'est très sérieux, Ivan… malgré les apparences.

Elle se lança alors dans l'explication détaillée de tout ce qu'elles savaient sur le Rubis Romani, le zombie, l'incendie, les symboles sur le violon, ses animaux envoûtés…

Bref, elles étaient sorcières et avaient la certitude qu'on en voulait à sa vie !

— Vous croyez donc que mon talent n'est dû qu'à la magie de mon violon ? demanda-t-il lorsque Prue eut terminé. Vous croyez que… que je ne suis rien ?

La déception, le chagrin qu'elle lisait sur son visage brisa le cœur de Prue. Elle lui prit les mains et murmura :

— Ne dis pas ça, Ivan. Tu joues merveilleusement bien.

Alors, il se leva et s'éloigna des trois clowns.

— Peut-être que je ne joue pas du tout. Peut-être que c'est le violon qui joue tout seul. Peut-être que mon numéro avec les animaux n'est en fait qu'une vulgaire supercherie.

— Rien n'est simple en magie, lui dit Phoebe. Croyez-nous, Ivan, on s'en est aperçu à nos dépens.

— Et je t'ai vu faire avec les animaux, quand tu ne joues pas, ajouta Prue. Tu as un don exceptionnel.

Ivan baissa la tête et ses épaules s'affaissèrent.

— C'est peut-être aussi un charme magique, observa-t-il d'un air triste. Vous dites vous-mêmes que vous ne savez pas comment fonctionne ce violon.

— Écoutez, Ivan, intervint Phoebe. Je sais que ces révélations vous sont très pénibles, mais il faut qu'on règle ce problème au plus vite.

— Vous savez, reprit-il, je n'ai jamais cru à toutes ces superstitions. Mais je sais ce que j'ai vu, hier soir, dans la clairière… et ce que j'ai senti en atterrissant dans ces buissons.

— Désolée, lâcha Prue dont la rougeur subite fut indiscernable sous son maquillage de clown.

— Non, tu as eu raison. Tu protégeais tes sœurs. Comment pouvais-tu savoir que je n'étais pas le terrible étrangleur de la vision de Phoebe ?

— Si ça peut vous rassurer, lui déclara celle-ci, je peux vous dire que Prue a toujours été de votre côté. Excepté, peut-être, cette petite minute dans la clairière.

— Merci, articula le violoniste avant de prendre les mains de Prue entre les siennes.

Bouleversée, la jeune femme ferma les yeux. Ne venait-elle pas de briser d'un seul coup la foi qu'il avait en son talent ? Et lui qui avait toujours refusé de croire à ces rites magiques, voilà qu'il était soudain rattrapé par une dangereuse malédiction.

— Mais vous avez raison, Phoebe, ajouta-t-il en s'écartant de Prue. Nous avons un problème urgent à régler.

— Est-ce que vous connaissez la légende du Rubis Romani, ou celle du Loriathian ? hasarda alors Piper.

— Est-ce que vous savez pourquoi vous auriez un frère jumeau ? enchaîna Phoebe.

— Qui est Olga pour toi, exactement ? ajouta Prue.

Soudain assailli de questions, Ivan s'empara du violon et de l'archet, comme pour y trouver une consolation, puis répondit :

— Une cousine très lointaine, pas plus. Mais nous parlons le même dialecte.

— Quoi encore ? insista Prue. Il faut absolument nous aider, Ivan.

Il parut réfléchir un moment puis déclara :

— Il y a une superstition, chez les Tziganes, qui dit que deux jumeaux doivent être élevés séparément.

— Ça expliquerait tout ! s'exclama Phoebe.

— Pourtant, continua-t-il, je n'arrive pas à imaginer mes parents obéissant à ce genre de superstition.

— C'est sans doute le fait de devoir abandonner un bébé qui les aura forcés à tourner le dos à ces traditions, suggéra Prue.

— Peut-être, admit tristement Ivan. Et cela expliquerait pourquoi Olga connaissait l'existence du violon magique.

— Alors, qu'est-ce qu'on fait, maintenant ? demanda Prue à ses sœurs.

Puis elle se tourna vers Ivan, et ce qu'elle vit la stupéfia. Son instrument à la main, le violoniste semblait se consumer en un lumineux chatoiement. Les lignes de son corps étaient devenues floues, et des boules d'énergie incandescentes dansaient autour de lui.

— Ivan ! hurla-t-elle.

Un bruit d'enfer envahit alors la pièce tandis qu'un vent violent surgissait, envoyant tout voler à travers la caravane.

— Qu'est-ce qui se passe ? glapit Piper en se jetant par terre.

— Je ne sais pas ! cria Prue.

— Ivan ! On dirait que son corps éclate en mille morceaux ! s'exclama Phoebe.

— S'il s'en va quelque part, je vais avec lui ! lança Prue.

Réunissant tout ce qu'elle avait de volonté pour se concentrer, elle se projeta dans le tourbillon magique qui enveloppait le violoniste, et lui agrippa le bras avec frénésie.

Un instant plus tard, Prue, Ivan et le violon étaient irrésistiblement entraînés vers ce que la jeune femme imaginait être le plan astral.

Le pays du Loriathian.

# CHAPITRE 17

Prue se sentait baigner dans une lumière irréelle, angoissante. Elle avait l'impression de flotter mais savait en même temps qu'elle restait immobile. En fait, si elle n'avait pas si peur, le spectacle qui l'entourait serait fascinant de beauté.

Autour d'elle, cependant, il n'y avait rien.

Rien qu'Ivan, Sacha et Olga.

Et le Loriathian.

La créature, aussi hideuse qu'énorme, se tenait au centre d'un cercle aveuglant de brillance. Ses douze yeux brûlaient chacun d'une couleur différente, ses crocs acérés saillaient de sa gueule hideuse, et sa langue fourchue s'agitait comme celle d'un serpent.

Conscient de leur présence, le Loriathian semblait attendre.

— Qu'est-ce que vous faites là !? hurla soudain Olga à l'adresse de Prue et d'Ivan.

Mais ses lèvres ne bougèrent pas d'un millimètre. Prue en déduisit que, sur le plan astral, on communiquait par télépathie.

— Nous sommes là pour vous empêcher de nuire, lui répondit-elle simplement.

La Bohémienne émit un rire rauque et cruel, qui fit ondoyer l'espace mouvant qui les entourait.

Prue songea que, si elle devait utiliser ses pouvoirs dans cet endroit aussi improbable que surnaturel, il lui fallait agir vite. Elle remua les doigts, histoire de tester l'étrange élément liquide dans lequel elle baignait. Des particules d'énergie lumineuses s'échappèrent aussitôt du point qu'elle avait effleuré.

— Pourquoi ? supplia soudain Ivan, tourné vers Sacha. Dis-moi pourquoi ? Qui es-tu ? Pourquoi me ressembles-tu ?

— Ivan, je te présente ton frère, déclara Olga.

Le violoniste fut propulsé en avant, comme si ces paroles l'avaient heurté. Instinctivement, Prue lui tendit une main à laquelle il s'agrippa avec force. À ce contact, elle devina la détermination qui l'animait. Sa paume se fit plus chaude dans la sienne et, en quelques microsecondes, elle sentit sa poigne gagner en puissance.

— Je crois qu'il est temps de t'apprendre la vérité, continua Olga. Tu vas nous être d'une grande utilité.

Sa longue chevelure d'ébène flottait autour d'elle et, comme elle rejetait la tête en arrière, des ondes scintillantes s'éloignèrent en un cercle qui parut s'agrandir jusqu'à l'infini. Ne perdant aucun de ses gestes, Prue s'efforçait de comprendre le mystère de l'énergie qui les enveloppait tous.

— Comme c'est la tradition dans notre famille, expliqua la voyante, vous, frères jumeaux, avez été séparés dès votre naissance. Sacha est venu vivre avec moi, votre cousine éloignée, et, bien sûr, cela a brisé le cœur de ta folle de mère.

Un affreux sourire lui tordit la bouche, et Prue sentit Ivan se raidir de colère. Par la pensée, elle lui ordonna : *Reste calme. Ne la laisse pas te dominer*.

— Moi, ce qui m'a brisé le cœur, poursuivit-elle, c'est d'avoir vu Sacha privé de son héritage. On a gaspillé la magie de ce violon en te l'offrant. Jamais tu n'as compris quel pouvoir il possédait. Ta famille a tourné le dos aux arts obscurs, mais pas la mienne ! Nous avons travaillé durant des générations à perfectionner nos talents de magiciens. Nous seuls méritons ce violon, qui n'a servi à rien entre tes mains ignorantes !

Prue hasarda un coup d'œil vers le Loriathian. Il ne bougeait pas, mais elle sentait sa puissance démoniaque prête à s'exprimer. Il attendait le moment d'agir, et elle savait qu'elle devait en faire autant.

Elle regarda alors du côté de Sacha. Muet, il était manifestement sous le joug d'Olga, et c'était à se demander s'il avait conscience de ses droits sur l'instrument magique.

L'expression de la Bohémienne changea soudain. Elle affichait à présent un regard fourbe, calculateur.

— Mais cette époque est révolue ! cracha-t-elle. Maintenant, tu as enfin l'opportunité d'offrir à ce violon son meilleur usage, celui pour lequel il a été créé : procurer puissance et richesse. En jouant de cet instrument, tu vas charmer le Loriathian, et me permettre ainsi de prendre possession du Rubis Romani.

— Ne compte pas sur moi ! lui jeta-t-il.

— Je veux ce rubis ! hurla Olga. Je refuse de jouer plus longtemps le rôle de la pauvre cousine. Une fois mes pouvoirs multipliés par trois, j'obtiendrai le respect de toutes les familles. Tous, vous me craindrez ! Personne ne pourra plus m'arrêter !

— Je ne ferai rien, rétorqua Ivan. Je ne t'aiderai pas.

Tendant alors le violon à Sacha, il lui dit :

— Prends-le. Je te le donne librement. Je n'ai rien à faire avec vous. Prenez possession de ce rubis, je m'en moque.

— Non ! protesta Prue. Tu ne comprends pas ? Il ne faut pas qu'ils s'emparent de ce rubis. Ils sont dangereux !

— Tais-toi ! lui répliqua Olga. Il a pris la bonne décision. Et puis, il ne peut pas lutter contre nous. Sacha est son parent le plus proche. Il me suffit de tuer Ivan, et le violon est à nous.

— Merci, mon frère, lui dit Sacha en lui prenant l'instrument et l'archet des mains.

— Va, mon fils, lui ordonna la Bohémienne. Va chercher ce qui est à moi.

Sacha acquiesça, se cala le violon sous le menton, leva l'archet au-dessus des cordes et s'avança vers le Loriathian. Puis il commença à jouer.

Le frère jumeau d'Ivan n'était pas maladroit. La mélodie qui s'envolait de l'instrument magique résonnait de façon claire et harmonieuse. Mais pas aux oreilles de Prue. Chaque note produite déclenchait dans son esprit d'horribles images, et son corps entier tremblait d'angoisse en percevant cette musique à la tonalité aussi sombre que les ténèbres.

Ouvrant une gueule démesurée, le Loriathian poussa un rugissement démoniaque. Les pointes acérées qui lui entouraient l'encolure se hérissèrent soudain tandis que, contre toute attente, il se mettait à mugir telle une bête à l'agonie. Se dressant de plus en plus haut, sa tête de dragon se balançait sauvagement au rythme des sons qui s'échappaient du violon, et il semblait vibrer maintenant d'une énergie infernale.

D'abord stupéfaite, Prue devina alors ce qui se passait. *Ils ne comprennent pas*, se dit-elle. *Ils ne comprennent pas que le violon reflète l'âme de l'interprète. Sacha possède une âme maléfique. La musique qu'il joue n'apaisera pas cette créature. Elle va l'enrager !*

Le Loriathian leva une lourde patte munie de griffes gigantesques, d'où s'écoulait un venin mortel. Ivan se tenait juste à sa portée !

Prue se concentra alors et envoya valser l'artiste à plusieurs mètres de la créature… sans manquer de constater au passage que ses pouvoirs magiques avaient plus de puissance sur le plan astral.

Le Loriathian poussa un nouveau rugissement tandis que Sacha jouait avec une énergie décuplée, sans se rendre compte qu'il enrageait le monstre au lieu de le charmer. Sa queue de reptile géant fut alors saisie de convulsions, comme si la musique le rendait malade. De nouveau, il leva une patte… pour balayer le musicien.

— Non ! hurla Olga avant de se lancer dans une étrange incantation.

En même temps, d'une main fiévreuse, elle

extirpa d'un sac de toile noué à sa ceinture, des herbes sèches qu'elle projeta sur la créature. Son chant s'éleva encore dans l'espace, et des boules de feu se formèrent devant elle, qu'elle précipita sur le Loriathian, l'empêchant ainsi de frapper Sacha.

Cependant, indifférent à ce qui se passait, le musicien continuait de jouer.

*Ainsi, Olga peut bouger des objets à distance*, se dit Prue. *Mais sa télékinésie est différente : il lui faut recourir à des chants et à des herbes magiques, et ça prend plus de temps. Intéressant...*

Dans l'espoir désespéré de faire taire la musique enchantée qui le mettait au supplice, le Loriathian gémissait et s'agitait en tous sens.

— Pourquoi est-ce que ça ne marche pas ! éructa Olga.

Au plus fort de son agonie, le monstre tendait maintenant son groin de dragon vers Sacha.

— Non ! hurla de nouveau la Bohémienne.

Cependant, comme il continuait de jouer, elle se lança dans de nouvelles incantations. Toujours hérissée par les effets de la musique, Prue se concentra sur celle-ci et parvint à canaliser la terrible énergie qu'elle lui procurait afin d'anéantir une fois pour toutes la magie d'Olga.

Les boules de feu qu'elle ne cessait d'envoyer sur la bête commencèrent à manquer leur cible.

Profitant de cette accalmie, le Loriathian attrapa Sacha de son énorme patte griffue et l'envoya directement dans le trou béant de sa gueule ouverte. En deux bouchées, il l'avala… avant de recracher le violon comme si celui-ci lui avait brûlé la gorge.

— Toi, comment as-tu osé !? s'écria Olga en furie, avant de se ruer sur Prue.

— N'espère rien ! riposta la jeune femme.

Une fois de plus, concentrant toute la rage et l'hostilité que son cerveau avait accumulées au son de la musique, elle les dirigea sur Olga… pour la précipiter entre les pattes venimeuses du Loriathian.

Sans hésiter, la bête saisit la vieille Bohémienne dans sa gueule et la balança par-dessus sa tête. Poussant un cri rauque et sauvage, Olga gesticula un instant dans l'espace, puis alla s'empaler sur les pointes mortelles ornant l'encolure de la créature. Qui tendit vers elle son long cou de dragon, la fourra dans sa gueule et la dévora !

Laissant alors échapper un rugissement monstrueux, le Loriathian se tourna vers sa prochaine victime.

— Prue ! hurla Ivan. Le violon !

Usant de tout ce qui lui restait d'énergie, la jeune femme éloigna l'instrument de la créature immonde, puis le fit planer en direction d'Ivan.

Qui le saisit au vol et, sans attendre, se mit à en jouer.

Claire et harmonieuse, la mélodie, tout en apaisant les sens de Prue, commença à faire aussi son effet sur le Loriathian. Peu à peu, celui-ci se calma, entoura de sa queue son corps gigantesque, et se coucha. Bientôt, il s'endormit, ses flancs massifs se soulevant et s'abaissant au rythme de sa respiration.

Au-dessus de la créature apparut alors une pierre luminescente. Elle tournait lentement sur elle-même et brillait d'un feu intérieur, intense et rougeoyant.

— Le Rubis Romani… murmura Prue.

Main dans la main, Ivan et elle flottaient ensemble dans l'espace astral et contemplaient le rubis.

— Il est si beau ! dit-elle. Tu ne le prends pas ?

— Non, Prue. Je ne veux pas de son pouvoir. Tout ce que je désire, je l'ai déjà : mes animaux et ma musique. Je n'ai besoin que d'eux pour être heureux.

Prue sourit, peu étonnée de sa réponse.

— Tout est fini, maintenant, lâcha-t-il.

— Pas tout à fait, corrigea la jeune femme. Il faudrait peut-être s'inquiéter de savoir comment retourner dans notre monde. C'est la magie d'Olga qui nous a amenés jusqu'ici.

# CHAPITRE 18

Ivan jeta à Prue un regard médusé.

— Tu… tu ne sais pas comment nous faire retourner là-bas ?

— Pas de panique. Je pense que si je réussis à te projeter dans mon propre corps, on parviendra à retourner dans notre monde. J'espère seulement qu'on ne finira pas avec… moi dans ton corps, et toi dans le mien.

— Ce… c'est possible ?

— Non, bien sûr que non, mentit-elle. Allez, passe les bras autour de moi.

— Avec plaisir, avoua-t-il avant de l'étreindre. Même sous une forme astrale, il était bon de se sentir dans les bras d'Ivan. Prue se blottit contre lui et ferma les paupières.

— Non, ce n'est pas possible, dit-elle au bout d'un instant. Je n'arriverai jamais à me concentrer comme ça.

— Tu as peut-être raison, souffla-t-il en la relâchant.

À contrecœur, elle s'écarta de lui, referma les yeux et fit appel à toute son énergie pour réinvestir le corps qu'elle possédait dans le monde réel. Au bout d'un instant, elle se passa la main sur les bras, les jambes, la tête, et fut rassurée. Oui, c'était bien son grotesque accoutrement de clown qu'elle sentait sous ses doigts.

Rouvrant les paupières, Prue découvrit devant elle le beau visage du Tzigane, qui, son violon à la main, lui souriait. Tous deux se trouvaient dans la caravane des accessoires, d'où ils s'étaient envolés pour leur voyage à travers l'espace astral.

— Eh bien, il était temps, lança Phoebe en leur indiquant la fenêtre. Ils commencent tous à péter les plombs, dehors.

Prue regarda par la vitre et lâcha un petit cri de surprise. Les animaux d'Ivan étaient tous figés en position d'attaque, et certaines personnes, aussi immobiles que des statues, semblaient prêtes à s'étrangler mutuellement.

— Mais, qu'est-ce qui se passe ici ?

— Aucune idée, répliqua Phoebe. Tout d'un coup, ils sont tous devenus givrés. Et méchants. Les animaux ont été les premiers à craquer, et puis les autres ont suivi.

*La musique !* se dit Prue. *Elle leur est parvenue*

*de là-haut ! Moi aussi, j'en ai ressenti les effets néfastes. Mais, eux…*

— Et vous, vous allez bien ? demanda-t-elle à ses sœurs.

— En fait, avoua Phoebe, on était un peu hargneuses l'une avec l'autre. Mais on avait tellement de choses à faire qu'on n'a pas pris le temps de s'entretuer.

— Un cirque entier à figer, se plaignit Piper. Tu peux nous dire s'ils retrouveront leur état normal, une fois délivrés, ou s'ils recommenceront à se battre ?

— Je crois que j'ai une solution, intervint Ivan.

S'emparant du violon, il ouvrit la porte de la caravane et, suivi des trois Halliwell, se posta sur le seuil. Puis il commença à jouer.

Dès que les notes résonnèrent à ses oreilles, Prue sentit une douce sérénité la gagner. Elle prit la main de ses deux sœurs et, ensemble, elles regardèrent la scène chaotique se défaire. Chaque animal retrouva son allure paisible, et tous ceux qui étaient censés se battre se sourirent et s'excusèrent mutuellement.

— Je ne sais pas ce qui m'a pris, dit l'un.

— Moi non plus, répondit un autre.

Quelques minutes plus tard, le cirque avait repris une activité normale.

Prue se tourna alors vers Ivan et lui déclara :

— Ce n'est pas le violon seul, qui les a tous fait zapper comme ça. Entre les mains de Sacha, cet instrument avait un pouvoir de destruction. Dans les tiennes, il a un effet apaisant.

— Pourtant, je joue la seule musique que je connaisse. Celle que mes parents m'ont enseignée, celle que j'aime, celle à laquelle répondent mes superbes animaux.

— C'est ça ! comprit-elle tout à coup. Tu mets tout ton cœur dans ta musique. Voilà la véritable magie !

— Écoute, reprit-il doucement, il faut que j'aille me préparer pour mon numéro. Merci. Merci pour tout.

Son violon au bout des doigts, il étreignit la jeune femme, l'embrassa sur la joue puis disparut.

Pendant quelques secondes, les trois Halliwell restèrent comme pétrifiées, avant de lâcher chacune un profond soupir.

— Oh, mon Dieu ! glapit alors une voix suraiguë derrière elles.

Prue se retourna pour voir une Kristin toute excitée arriver vers elles au petit trot.

— Vous êtes à croquer, toutes les trois, dans votre costume !

*Oh, c'est vrai ! J'avais oublié...*

— Oui, c'était... euh... pour mieux nous fondre dans la foule, balbutia Prue.

— Et je crois qu'on ferait bien d'aller se changer, maintenant, déclara Piper.

— Oui, sinon Kaboodle est capable de nous envoyer répéter notre numéro, ajouta Phoebe.

— Et moi, je dois aller distribuer mes messages de remerciement, précisa la journaliste. Ma petite touche personnelle, vous comprenez… À tout à l'heure !

— À tout à l'heure, Kristin.

Devinant la tristesse qui envahissait Prue, Phoebe lui passa un bras autour des épaules et murmura :

— Puisque la place de Sacha est vacante, maintenant, tu pourrais le remplacer. Tu as déjà le costume et…

— Pas question ! coupa-t-elle vivement. Je t'ai dit que je n'aimais pas les clowns. Et puis, ces aventures n'ont fait que me confirmer ce que je savais déjà.

— Te confirmer quoi ? demanda Piper.

— Que les gens du cirque sont des êtres à part ! Il vaut mieux les éviter.

*Achevé d'imprimer sur les presses de*

BUSSIÈRE

GROUPE CPI

*à Saint-Amand-Montrond (Cher)*
*en décembre 2001*

FLEUVE NOIR
12, avenue d'Italie
75627 Paris Cedex 13
Tél. : 01-44-16-05-00

— N° d'imp. 16987. —
Dépôt légal : janvier 2002.

*Imprimé en France*